T0128409

Historias
Varias,
Acrósticos
y Poemas

Lea, disfrute y siéntase
partícipe de ellas.

Fernando Garcia Reina

(Wargficho)

Order this book online at www.trafford.com
or email orders@trafford.com

Most Trafford titles are also available at major online book retailers.

Printed in the United States of America.

ISBN: 978-1-4669-3013-1 (sc)
ISBN: 978-1-4669-3012-4 (e)

Trafford rev. 05/24/2012

 www.trafford.com

North America & international
toll-free: 1 888 232 4444 (USA & Canada)
phone: 250 383 6864 ⬩ fax: 812 355 4082

DEDICATORIA

A la memoria de mis padres, muy especialmente a la de mi madre, sin cuyo sacrificio y vida ejemplar, no hubiera yo alcanzado la preparación intelectual y los cargos que ocupé durante mi carrera bancaria.

AGRADECIMIENTO

Mi profundo agradecimiento a mi familia, amigos y muchas personas que, habiendo leido algunos de los artículos aquí compilados, me dieron su apoyo y ánimo para esta publicación.

A mi gran amigo **Rafael Duarte**, quien a pesar de sus múltiples y no fáciles tareas al frente de **TargoBank, en Madrid,** con gran voluntad ha escrito el prólogo.

PROLOGO

Más de veinte años han pasado desde el primer encuentro con Fernando García. Fue en el Republic Bank, en Miami, donde era Gerente de Operaciones del Area Internacional. En seguida comprendí que me encontraba frente a un hombre especial. Todos tenemos aún esa intuición resto de nuestro largo pasado evolutivo. Sabemos identificar a seres especiales, que merece la pena conocer.

En la banca como en cualquier actividad humana, siempre es posible florecer. Hacer de nuestro paso por la vida un lugar mejor para los que nos rodean y para nosotros mismos. Fernando siempre me pareció una persona con una sensibilidad especial en medio de un mundo frío y a veces deshumanizado , pero sin duda un hombre con una rica vida interior que tenía algo que mostrarnos.

Como pude aventurar detrás de esa capa de banquero respetable se hallaba ante mí un hombre con una fuerza espiritual e interior difícil de encontrar. Un hombre que ha sido un excelente profesional ejecutivo de banca, y como decían en el derecho romano, un buen padre de familia. Nada aburrido, si no todo lo contrario un héroe cotidiano que por su piel respira perfectamente la cultura hispana en los Estados Unidos de América. Un sentimiento mediterráneo en la piel de Norteamérica.

Poco a poco me fui carteando, ahora quizás debamos hablar de **emaileando**, con mi gran amigo Fernando y descrubría en sus escritos una visión del mundo, a veces dura, pero siempre con una esperanza en el horizonte, a veces feliz pero siempre con una reflexión seria para la vida.

En su carrera bancaria le han gustado siempre las tareas difíciles y ha salido siempre exitoso. De la aventura de la vida, Fernando siempre ha salido airoso. Escribir este libro, me consta, que ha sido una auténtica aventura, y como toda aventura que se precie no ha sido exenta de dificultades, alguna que otra travesía del desierto, y por prepuesto, una aventura con la que contó con el apoyo de amigos y familiares.

Por eso, no me sorprende que quiera dar a conocer, a todo el mundo, por así decirlo, sus escritos, sus reflexiones, su poesía de la vida.

He leido con gusto casi todos sus relatos, su poesía, y debo confesar que siempre encontré un buen ejemplo para mis quehaceres diarios. Sus escritos nacen de dentro, nacen del corazón y van directos al corazón del lector. Son dignos de publicación.

Lo menos que puedo es desear que su libro sea leido, en todas partes donde se habla nuestro idioma, el rico idioma de Cervantes, que habla al corazón y que tanto estamos necesitando no por miles ,sino por cientos de miles o por qué no por millones de personas.

Feliz aventura Fernando y feliz lectura lector.

Rafael Duarte Gonzalez
Presidente-Director
TargoBank SA
Madrid, España

SUERTE... CUAL (Pregunta)

"Espero que con la suerte que tiene no se le muera una de las ovejas mientras están con usted". Con esta advertencia en sus oidos, **Hipólito** se alejó de su humilde vivienda temprano en la mañana. No podía ocultar la ira y tristeza que esas palabras, dichas por su padre, le causaban. No era la primera vez que le oía expresiones como esa.

Cinco días a la semana tenía Hipólito que salir antes de la siete y llevar las nueve ovejas al sitio donde pastarían hasta que él regresara a eso de las dos de la tarde. Antes de alejarse, tenía también que llenar de agua los dos bebederos y cerrar la pequeña puerta de la cerca para evitar la salida de alguna oveja o la entrada de algun perro que quisiera ahuyentarlas o hacerles daño.

Algunas veces descalzo, otras con alpargatas, nunca con zapatos pues carecía de ellos, Hipólito emprendía luego su camino hacia la escuela del pueblo más cercano. Casi tres kilómetros tenía que caminar para llegar. La primera clase empezaba a las ocho de la mañana y la última terminaba a la una de la tarde.

Aunque a la misma escuela asistían también otros niños pobres, los profesores sentían por Hipólito una especial consideración pues había perdido a su madre cuando solo tenía seis años. En la mente de este niño estaban frescas las horrendas imágenes del ataque en que ella pereció: Un toro - escapado de una finca algo lejana-, embistió contra ella una mañana que los dos caminaban de regreso a su vivienda.

Nunca se supo la razón de aquella feroz embestida. Su cuerpo quedó casi en pedazos ya que el toro la lanzó por los aires y luego la pisoteó como si fuera un juguete. Nadie se hizo responsable del insuceso. Nadie hizo comentario alguno. Solamente los que habitaban las casas más cercanas expresaron su pesar al esposo y al pequeño hijo de **Trinidad.**

Sus compañeritos de la escuela siempre le decían " **La mala suerte** de perder a tu madre siempre te acompañará. Tienes la **mala suerte** de no tener hermanos. Tienes la **mala suerte** de no vivir en casa propia". Estas dos palabras " **mala**" y " **suerte**" retumbaban a cada momento en los oidos de Hipólito.

Se sentía completamente solo; totalmente desamparado; sin nadie a quien acudir pues **Ubaldo,** su padre, lo culpaba de la muerte de su madre afirmándole que el toro venía hacia él pero ella se interpuso para defenderlo. El niño, que pasaba cada día horas enteras llorando, sabía que su padre no decía la verdad.

Aún veía, con claridad absoluta, la escena de los hechos: Cuando vió al toro corriendo en estampida hacia ellos, agarró la mano de su madre tirándola con toda su fuerza para que ella se protegiera detrás de los frondosos arbustos que había a la orilla del camino. Pero su fuerza era mínima para mover el cuerpo de su madre ya que ésta, presa del pánico, se quedó inmóvil propiciando la embestida del animal. A medida que el toro se ensañaba con ella, Hipólito miraba de un lado a otro buscando una piedra, una estaca, algo para herirlo o al menos distraerlo. Nada halló a su alrededor.

Atónito e indefenso tuvo que presenciar los últimos momentos de su madre. Sus desgarradores gritos de dolor, nadie los oyó. En su desesperada carrera hasta la casa para comunicar a su padre la desgracia, nadie lo acompañó. El hacendado que pasó cabalgando una hermosa yegua negra, ni tan siquiera lo miró. El día del sepelio muy pocas personas asistieron. El ataúd era lo más rústico y pobre que él vería en su vida.

Todo esto, solo amargura, soledad y profunda conmoción traía al pequeño Hipólito. A pesar de que su padre injustamente lo culpaba, él no le guardaba rencor alguno. Cada vez que Ubaldo le recriminaba por la muerte de Trinidad, Hipólito afirmaba: " padre, sabes que cuanto dices no es cierto; no estabas allí. La pena que llevas, tal vez no te deja ver que el que debía haber estado con mi madre eras tu, no yo. Ella, desde el cielo nos mira y sabe la verdad. Yo te amo y te perdono".

A sus treinta años, Ubaldo parecía ya un anciano. La pena lo consumía. Escasamente probaba algunos alimentos y, por completo, se alejó del licor. No supo, o no quiso, superar el dolor de haber perdido a su esposa cuando ésta tenía apenas veintiseis años de edad. Salía de la casa para sentarse sobre una piedra hasta que el sol se ocultaba. Muy pocas veces iba al riachuelo que corría a poca distancia de la casa, para traer agua que utilizaba al preparar los alimentos y para el lavado de la ropa. Consideraba esto como una ayuda para su hijo; no como un deber para con él.

Sabía que, de seguir así, pronto moriría. No le importaba dejar a Hipólito; le importaba más "reunirse" con su amada Trinidad. Y, en efecto, un once de Diciembre temprano en la mañana falleció. Su hijo, ya de nueve años, no lo supo hasta en la tarde al regreso de la escuela. Su padre no le contestaba el saludo matinal e Hipólito pensó esa mañana que su padre dormía cuando en realidad, su cuerpo estaba ya sin vida.

Aunque la relación con su padre era casi nula, Hipólito lloró desconsoladamente aquella tarde ya que de verdad lo amaba y por eso, de rodillas y ahogado en llanto le dijo: " Padre, yo te perdono; Dios también lo hará. Ya estás con mi madre como lo querías, sé feliz. Yo los seguiré amando; recuerda que no tengo más familia". El sepelio de Ubaldo fué mas pobre y más triste que el de Trinidad.

A su muy corta edad, Hipólito se había fijado ya un derrotero: continuar en la escuela y, obteniendo las mejores calificaciones, terminar su educación primaria. Vender luego las ovejas para pagar el alquiler de la humilde vivienda y marcharse de allí. Una hermana de su madre quizo llevarlo a su casa. Hipólito no aceptó. " No quiero incomodar a nadie, tía, le dijo. Deseo estar aquí en compañía de mis padres y de mis ovejas. Yo sé que tú amabas a mi madre y por eso deseas ayudarme. Gracias. Alguien te avisará cómo estoy o, tal vez, algún día te visitaré". Oyendo esta tierna, y a la vez, firme respuesta, Lucía se despidió de su sobrino con un abrazo y un beso en la frente llenos del más grande amor de madre.

Como lo había planeado, Hipólito siguió su rutina matinal: ovejas y escuela. En las tardes iba al riachuelo llevando consigo, algunos días, la oveja más pequeña para que ésta disfrutara de agua fresca. Dedicaba las otras horas al estudio y al aseo de la casa. Cuando la oscuridad llegaba, salía y se sentaba en la misma piedra que su padre usara pero, a diferencia de Ubaldo, el llanto de Hipólito, derramado sobre esa piedra, no tenía desesperación o cobardía. Tenía tristeza y soledad pero también fuerza y ganas de vivir; de avanzar; de triunfar. Eran tan suaves las lágrimas que este niño derramaba, que no parecía que fueran a la piedra sino que los angeles las recogían. Quincenalmente su tía Lucía le hacía llegar alimentos o ropa y productos para el aseo personal. Cada tres meses le enviaba un par de zapatos pues sabía que por los viajes diarios a la escuela, su sobrino los necesitaba. En la escuela, no solo por su condición de niño solo, sino también por su alto redimiento en todas las asignaturas, le obsequiaban alimentos ya preparados y siempre acompañados de un postre de moras. Era su fruta predilecta.

Seis meses después de terminar la educación primaria, Hipólito habló con el dueño de la vivienda que por años había ocupado con sus padres y ahora solo. Le propuso que se quedara con doce de las ovejas (eran ya dieciocho), como pago de los arrendamientos adeudados. También le dejaba todos los utensilios que había dentro y fuera de la casa ya que se iría llevando únicamente su ropa y las fotografías de sus padres. Danilo Hernandez, así se llamaba el dueño, gustoso aceptó. Lucía hizo un corto viaje y firmó un documento a nombre de su sobrino por ser éste aún menor de edad.

Ese mismo día salió para siempre de la vivienda y, en compañia de su tía, emprendió el viaje al pueblo donde ésta vivía no sin antes visitar el cementerio para "despedirse" de sus padres. Al mes exacto de la llegada a la casa de Lucía, Hipólito se marchaba para la casa de uno de sus primos que vivía en la capital de la Provincia. La despedida fue larga; llena de amor, de gratitud y de tristeza; parecía como si Hipólito dejara allí su corazón.

Dos calles separaban la casa de su tía del estacionamiento de los buses. Debido, tal vez, a la larga despedida, Hipólito no llegó a tiempo y el bus partió sin él. Preguntándo a la persona encargada, fue informado que ese era el último viaje de ese día y que el próximo bus a salir lo haría en las horas de la mañana siguiente. Él no podía o mejor, no quería esperar y preguntó qué otro medio de transporte podría usar esa misma tarde. " Buses ya no; ese era el último. Taxi, casi no se consigue por aquí y no creo que usted tenga suficiente dinero para pagar ese pasaje tan caro. Tal vez, y con un poquito de **buena suerte,** alguno de los ganaderos que pasan por aquí lo pueda llevar hasta el próximo pueblo donde el bus se detiene por cuarenta y cinco minutos, y a veces más" fue la respuesta del empleado.

Era la primera vez que Hipólito escuchaba la frase "**buena suerte**". Su mente, de inmediato regresó a la escuela y le pareció oir de nuevo a sus compañeritos diciendole: "**tienes la mala suerte…**" Todavía perturbado por este mal recuerdo, y casi perdiendo la paciencia, esperó y quince minutos después uno de los ganaderos le ofreció llevarlo. Él, agradecido, aceptó. En el pequeño automóvil viajaba también Alvaro, uno de los hijos del ganadero. Tenía la misma edad de Hipólito. En charla alegre, y por demás amena, ambos niños se contaron sus vidas que, aunque muy diferentes, algo tenían en común como el deseo de avanzar, de triunfar, de llegar a ser una persona importante dentro de su familia, dentro de su ciudad, dentro de su provincia y, por qué no, dentro del pais. Álvaro le dió a Hipólito su número telefónico. Hipólito se excusó por no dar el número de su primo pues no estaba autorizado para ello. Prometió llamar una vez arribara a la casa y fuera autorizado para darlo.

Bernardo, padre de Álvaro, iba atento a la conversación de su hijo con el pasajero y, al oir el nombre, y dirección de la casa de Juan Carlos Torres en la capital provincial, le dijo a Hipólito: " Mira, hijo, no solo conozco a tu primo sino que tengo algunos negocios con él. Yo le vendo mi ganado y le compro maquinaria para trabajar la tierra y alimentos para el ganado. Es un poco tarde y la noche se acerca. Como Alvaro está de vacaciones esta semana y no tenemos urgencia de llegar a casa, te llevaré a la capital y así aprovecharé para saludar de nuevo a Juan Carlos. De acuerdo?"

Hip,ólito, casi incrédulo, agradeció a Bernardo y, emocionado, añadió: "Yo le prometo, don Bernardo, que cuando sea grande y tenga mi propia fortuna, le compensaré altamente por este gesto suyo". Aproximándose a una curva peligrosa, Bernardo se distrajo y perdió el control del automóvil que, en cosa de un minuto, se precipitó a las profundas y oscuras aguas del río que por allí corría. Los tres murieron. Ni sus cuerpos, ni el carro fueron encontrados.

Y TU NOMBRE ES ?

Aún recuerdo el día, la hora, el momento
en que tus grandes ojos en los míos se fijaron;
"me gustas" me dijiste y luego, cual hoja que el viento
lleva en primavera, tu figura, tu sombra se alejaron.
Se perdieron, creo yo, entre la muchedumbre abigarrada
que, a esa hora, presurosa a sus labores caminaba.

Mi corazón latió desesperado. Hice un esfuerzo;
me sentí ya rechazado.
Pude controlar aquella emoción que ahogada,
solo tristeza me dejaba.

No te busqué a pesar de que mi mente y corazón ardían,
ya que mis deberes familiares, laborales, así lo impedían.
No eras muy joven; tampoco tan madura;
tal vez los cuarenta cubrían tu figura.

Hoy me digo: " fue mi acción lealtad, timidez o cobardía? "
cualquiera que haya sido, todavía me pregunto: cual es tu nombre?
Esther, Valeria, Luz Marina?

SALUDO AL AÑO NUEVO

D   e nuevo el corazón explota de alegría

O   yendo la popular e inmensa algarabía que

S   aluda y recibe al tan esperado y anhelado "año nuevo".

M   adres, padres, hijos, hijas; toda la familia,

I   luminan la noche y la humedecen con sus lágrimas y hasta invocan la suerte de los astros.

L   as mentes se llenan por completo de recuerdos: sublimes unos; desagradables otros.

D   el alma brotan sentimientos de alegría y de tristeza que, con el amor de los que viven y el recuerdo de los idos, de nuevo nos confirma: pasajeros somos, nada más en esta vida.

O   portunidades, posiblemente, recibimos en el año que termina. Las unas aprovechadas. Las otras desperdiciadas o simplemente dejadas al cuidado de las hadas.

C   con la mente atiborrada de propósitos y los deseos por seguir haciendo lo mejor, al cielo elevamos la plegaria:

E   **nvíanos, Señor, un año ciertamente nuevo.**

DOS PENSAMIENTOS, UNA VOLUNTAD

En la antigua e histórica ciudad de Braga, Region de Minho, en Portugal, vivía una trabajadora familia compuesta por **Antonio Magallanes,** casado con **María José Pereira,** sus hijos **María Fátima, Joao y Paulo Jorge.** Habitaban también la casa **Ana Paula,** madre de Antonio y **Carlos Alberto,** hermano de María José.

La tranquilidad y alegría se respiraban a diario en este hogar. Antonio, ingeniero titulado, trabajaba en el Area de Ornato y Reconstrucción de edificios históricos. Ganaba muy buen sueldo del que, todos los meses, ahorraba un porcentaje. Salvo dos entretenimientos: tomar unas cervezas con sus amigos los fines de semana y salir solo en su atomovil e ir a sitios apartados donde disfrutaba manejando a altas velocidades, Antonio era un hombre totalmente dedicado a su familia. Gozaba del amor de su esposa. Sus hijos le amaban también con ternura y con respeto. Su madre le amaba entrañablemente y era ella feliz viendo que su hijo seguía las enseñanzas y costumbres de su padre quien, doce años atrás, había perecido en un accidente aéreo. Su cuñado sentía por él un inmenso aprecio y un gran respeto.

María José, por su parte, era mujer de grandes virtudes. A pesar de tener un doctorado en Sociología, prefirió siempre dedicarse al hogar antes que aceptar uno de los tantos empleos y cargos públicos que, con cierta frecuencia, le eran ofrecidos. Cuidaba con esmero de la casa. Estaba pendiente de cada asunto relacionado con su esposo y con sus hijos. Por Ana Paula y por Carlos Alberto también se preocupaba y, día a día, recomendaba a la servidumbre estar pediente de ellos.

María Fátima era casi una copia de su madre. Cursaba ya el último semestre de Psicología y, al mismo tiempo, se desempeñaba como Asistente del Director del Hospital San Antonio. Deseaba trasladarse a Coimbra e ingresar a su famosa Universidad fundada en 1,290.

Joao y Paulo Jorge, de 18 y 16 años respectivamente, eran, por su comportamiento en la familia y en la sociedad, muy apreciados y otros padres deseaban que sus hijos siguieran sus pasos. A pesar de no tener la misma edad, coincidían en sus pensamientos, en sus ideales, en sus ambiciones y proyectos. Ambos habían terminado los tres ciclos de educacion básica (nueve años en total) con excelentes resultados. Ambos habían optado por aprender francés y alemán como lenguas foráneas. Ambos habían decidido seguir cursos de electrónica, mercadeo y administración. Ambos tenían la misma tendencia en el vestir: nada extravagante, sencilla pero elegante. Ambos eran muy respetuosos y disciplinados tanto en el hogar como en el Instituto donde estudiaban, aunque, a veces, se apartaban de las órdenes más por saber qué pasaría que por una real intención de quebrantarlas. Ambos disfrutaban con pasión el vino y las comidas que, los fines de semana, compartían con amigas y amigos. Ambos tenían en mente seguir a su padre en la conducción de automóvil a altas velocidades.

La familia Magallanes-Pereira era muy unida y, cada año, se hacía presente en los actos de la Semana Santa y, con gran gozo, participaba en la procesión del " Ecce Homo ", la más popular en Braga.

Antonio y María José, así como el resto de la familia y los más íntimos amigos, seguían muy de cerca los pasos de Joao y Paulo Jorge y comentaban: " no es común ver dos hermanos tan unidos en pensamiento y en voluntad sin ser gemelos.

Habiendo obtenido Joao y Paulo Jorge su doctorado en electrónica y en mercadeo, decidieron abandonar la casa paterna y radicarse, al menos por un tiempo, en la vieja y tranquila ciudad de Tavira donde son abundantes la sal marina, los vinos y las uvas. Nada fácil fue comunicar la decisión a sus padres y hasta llegaron a pensar que, tal vez, serían convencidos de no alejarse de ellos. Pero estos dos hermanos no eran de los que piensan y proyectan para luego desistir. Extensa, calmada y llena de cariño fue la conversación en la que los dos hermanos expusieron a sus padres el pesar que sentían por dejarlos. Las razones y esperanzas que tenían, fueron así mismo detalladas.

Dieron Antonio y María José pleno apoyo a las ideas de sus dos hijos y, con un beso en la frente a cada no, les dijeron: " es vuestra voluntad, la respetamos; que el Altísimo y Nuestra Madre de Fátima os guien y os ayuden a encontrar lo que buscáis y, si en momento alguno queréis regresar, hacedlo. Esta es y será siempre, no lo olvidéis, vuestra casa".

Para María Fátima, obviamente, la decisión de sus hermanos fue razón de gran tristeza y, por un tiempo, su melancolía fue tal que concentrarse en sus estudios y labores no le era fácil. Con charlas y consejos de sus padres superó esta situación y, convencida de que el paso dado por sus hermanos sería benéfico para ellos y para el grupo familiar también, los felicitó y, abrazándolos, les dijo con la voz ahogada por el llanto: " que vuestros sueños se hagan realidad para vuestra felicidad. Habrá, así mismo, felicidad para nuestros padres y para mí. Os amo". Ese día, y en el más profundo silencio, dio por terminada la anhelada partida hacia Coimbra. Comunicaría este paso a su padres más adelante.

Llegado el día de su partida, Joao y Paulo Jorge se despidieron de sus padres y de su hermana; de su abuela y de su tío; de los otros familiares y de los no pocos amigos y vecinos que se habían reunido para darles "el adiós" acostumbrado en estos casos. Cada uno de los presente sentía una mezcla de angustia, tristeza y alegría. Unos dejaban caer, sin disimulo, algunas lágrimas: de alegría unas, de tristeza otras.

A petición de ellos, uno de sus primos y no su padre, los condujo a la estación del ferrocarril. Compraron allí pasaje para **Coimbra**, ciudad que siempre habían deseado conocer y a donde, tras un recorrido de ciento setenta -170- kilómetros, arribó el tren. Quedaron maravillados con la famosa Universidad y con el Puente Europa sobre el río Mondego. Tras una estadía de cuatro días siguieron, esta vez en autobús, para la ciudad de Beja. Un recorrido de setenta y cuatro -74- kilómetros los llevo a **Leiria** y otro de ciento cuarenta y siete – 147 -, los trajo a **Lisboa** donde pernoctaron. No se detuvieron en la capital pues tiempo atrás toda la familia hab,ía venido y disfrutado de esta hermosa ciudad por dos semanas. A temprana hora de la mañana siguiente, y de nuevo en autobús, recorrieron ciento setenta y seis -176- klómetros para llegar a **Beja**, fundada por el Emperador Julio César y riquísima en minas de cobre. Escucharon aquí, de boca de respetables ancianos, la famosa leyenda de la monja seducida por un conde francés.

Estuvieron aquí solo unas horas y, después de un corto descanso, alquilaron un automóvil para recorrer los ciento setenta y un -171- kilómetros que los separaba de su meta final: la vieja y tranquila **Tavira** ubicada a las orillas del río Gilao. En medio de charlas, risas y bromas y conduciendo con sumo cuidado- dentro de la velocidad permitida- llegaron ya entrada la noche. Un modesto pero bien arreglado hotel fue el lugar escogido por los hermanos Magallanes-Pereira para pasar la primera noche en la ciudad que esperaban fuera su residencia por un tiempo no muy corto. Una buena cena, acompañada de un excelente vino, les fue servida en el hermoso y acogedor salón-comedor. La disfrutaron y se retiraron luego a la habitación. Tras un descanso de siete -7- horas, despertaron listos para iniciar, llenos de fé y positivismo, las actividades que tenían planeadas para su primer día en Tavira, empezando por una llamada telefónica a Braga.

Terminada una larga conversación con sus padres y otros miembros de la familia, ubicaron la oficina más cercana del Banco Nacional donde establecieron una cuenta con los ahorros personales y los fondos recibidos de sus padres, de su hermana, de su abuela Ana Paula y de su tío Carlos Alberto. Recibieron, en el Banco, muy buena información sobre los diferentes puntos de la ciudad. Basados en esta información y en su propio instinto, tomaron en alquiler una casa situada en la calle "Lisboa". Tenía ésta varios cuartos y un espacioso salón para reuniones el que, con la autorización de los dueños, convirtieron en lugar de trabajo. Anunciaron sus servicios –técnicos graduados en electrónica- en el periodico local. No tuvieron que esperar mucho tiempo para que el primer cliente llegara. Dos televisores grandes les fueron entregados para su reparación. Un Profesor del Colegio de Enseñanza Superior era el dueño. Entablaron con él una agradable conversación. El Profesor – Fausto Duarte – quedó muy bien impresionado por la cortesía y amabilidad de los nuevos residentes de Tavira. En pocas semanas los Magallanes-Pereira eran ya conocidos por su excelente trabajo y por su don de gentes. El número de clientes aumentaba y así el trabajo. Pidieron entonces al profesor Duarte que, dado su conocimiento de tantas personas, les recomendara dos para trabajar con ellos. Mercedes y Pablo José fueron los escogidos. Tras conversar con ellos, individualmente, fijaron el sueldo, las horas de trabajo y los oficios específicos a desarrollar. Dos condiciones fueron impuestas por los hermanos: honestidad a toda prueba y trabajo sin errores. Empleados y empleadores estaban a gusto. El negocio crecía y hubo necesidad de contratar nuevos empleados. Mercedes y Pablo José se encargaron de buscarlos y recomendarlos. En un momento dado, seis empleados y los dos hermanos manejaban ya una pequeña pero muy próspera empresa, donde reinaban el respeto, la confianza mutua y la alegría. Experimentada ésta por los trabajadores al verse muy bien recompensados y también por los dos hermanos al ver que sus sueños se realizaban sin tropiezos.

Treinta dos meses después de su arribo a Tavira, los dos hermanos recibieron la visita de Antonio, María José, María Fátima, Ana Paula, Carlos Alberto y el novio de María Fátima: el economista Agostinho Magallanes (qué coincidencia!). El grupo visitante no incurrió en gasto alguno durante los seis días de permanencia en Tavira. Todo fue pagado por los hermanos-empresarios. Cada uno de estos días estuvo colmado de felicidad para todos los visitantes y para los dos anfitriones. Aún los trabajadores fueron partícipes de ella al presenciar el gran amor que imperaba en la familia de sus patrones y al recibir la inesperada invitación a una cena, en el mejor restaurante de la ciudad, hecha por Antonio. Besos, abrazos y lágrimas fueron la nota principal el día del regreso a Braga. Joao y Paulo Jorge pidieron a su hermana no casarse sin que ellos estuvieran presentes. " Os lo prometo y lo cumplire" acentuó María Fátima.

El progreso económico de los dos hermanos era visible y cada mes las utilidades era mayores debido a disciplina y buen manejo de los fondos. Esto les permitió comprar una casa en la misma calle "Lisboa". Siendo más grande y mejor dotada, esta casa les permitió expandir los servicios. No eran seis -6-; eran ya trece -13- los trabajadores a uno de los cuales - Mercedes -, le dieron altas responsabilidades unidas al título de Gerente. Un porcentaje de las utilidades era repartido entre los trabajadores cada seis meses.

En su vida personal, los dos hermanos seguían sus sanas costumbres teniendo en mente el ejemplo y los consejos de sus padres. Pero, como era obvio, el amor llegó a sus corazones. Fue Paulo Jorge el primero en formalizar un noviazgo con una de las hijas del Alcalde de la ciudad: Renata Da Silva. Estudiaba odontología. Unía a su física hermosura sus buenos modales y una especial dulzura. Joao, por su parte, fijó sus ojos en Beatriz Dominguez, hija única de Antonia Sampaio, viuda del Gerente del Banco Nacional en Tavira.

Ocho meses habían transcurrido desde la visita de sus padres, cuando recibieron la noticia del matrimonio de María Fátima yAgostinho. Joao y Paulo Jorge extendieron, a su vez, invitación a sus novias y a sus respectivos padres, quienes gustosamente la aceptaron. En su grande y lujoso automóvil llegaron los hermanos acompañados de sus invitados, a la casa paterna. Fue una boda elegante pero nada extravagante. Los mejores comentarios salían de boca de todos los asistentes. Al despedirse de sus hermanos, María Fátima les pidió la misma promesa que ella les había cumplido: no casarse si ella no estaba presente. Así lo prometieron sus hermanos quienes, en ese mismo instante, recordaron –cada uno por separado-, que siempre habían soñado y- ahora deseado-, que sus esposas fuesen de su nativa Braga. Se prometieron entonces respetar a sus novias y alejarse paulatinamente de ellas. Querían una separación sin conflictos y amigable. De regreso a Tavira, los dos hermanos invitaron a sus novias y a sus padres a pasar unos días en Lisboa, ya que ninguno de ellos había estado en la capital de Portugal. Fueron tres días de paseos, comida y visitas a centros nocturnos. Aprovecharon los Magallanes-Pereira para visitar uno de los mayores distribuidores de automóviles y, después de calcular bien los gastos, compraron uno ya que les permitían dar el que tenían como parte de pago. Joao y Paulo Jorge se turnaban en la conducción del automóvil y finalmente arribaron a Tavira.

Dejaron en su casa a Beatriz y a su madre y después a Renata y a sus padres. Dirigieron luego sus pasos a su casa y sitio de trabajo donde fueron recibidos por los trabajadores con demostraciones de afecto y respeto. Cada trabajador recibió un obsequio que los hermanos les habían comprado en Lisboa. Les fue entregado, por Mercedes, el informe sobre lo acontecido durante su ausencia. Después de revisarlo, le agradecieron a ésta por su excelente labor y, la felicitaron también, por las correctas decisiones tomadas.

El negocio de los Magallanes-Pereira no podía marchar mejor. Recibían ofertas de compra pero ellos las declinaban. Por ningun motivo venderían lo que por años había sido su fuente de ingreso y la base de su no poca riqueza. Bien asesorados por la Division de Inversiones del Banco Nacional, sus fondos crecían a buen ritmo. Comunicaban a su padre expectativas y resultados buscando siempre su guía y consejo. En poquísimas ocasiones Antonio se mostraba en desacuerdo a pesar de ser él más conservador en lo económico.

Como lo habían planeado, los dos hermanos se alejaron –poco a poco- de sus novias y, ya sin ellas, pasaban algunos fines de semana con amigas y amigos en la cercana y tranquila Isla de Tavira. Otras veces, alquilaban un bote o velero y disfrutaban navegando por el Golfo de Cadiz. En vista de que sus ingresos lo permitían, en un mes de Diciembre clausuraron las actividades por dos semanas. Dieron a cada trabajador un cheque como "regalo de vacaciones" sugiriéndoles que descansaran y compartieran con sus familias esos días. Viajaron a Lisboa donde tomaron un avión que los llevo a Zurich (Suiza). Estuvieron cinco días en este país visitando ciudades como Berna, Lugano, Ginebra y Basilea entre otras. Cumpliendo un deseo que tenían desde niños, partieron, esta vez en tren, para Austria, llegando a Viena un Jueves entrada ya la noche. Ninguna dificultad tuvieron con el idioma pues ambos se defendían muy bien en alemán. Permanecieron cuatro días en este magnífico centro cultural y musical y sus alrededores. Quisieron asistir al famoso concierto " Año Nuevo en Viena " pero ellos mismos sabían que era ya muy tarde para adquirir boletos. " El próximo año lo veremos " se dijeron mutuamente.

Estando en un restaurante alcanzaron a oir que algunas personas hablaban en portugués. Dirigieron sus miradas hacia el sitio de donde provenían las voces y vieron un grupo de cinco personas. Joao y Paulo Jorge se miraron y, como si se hubieran comunicado algo, se pararon y caminaron hacia la mesa donde el grupo seguía conversando. En su nativo portugués, se presentaron a los comensales quienes sonrientes y afables respondieron al saludo. Jacinto de Mendoza y su esposa Lucía; Arturo, Cecilia y Sofía de Mendoza componían el grupo. Jacinto invitó a los Magallanes-Pereira a compartir la mesa. Los dos hermanos, gustosos y agradecidos, aceptaron. A traves de extensa conversación y disfrutando el vino y la comida, Jacinto comentó que hacía unos cinco -5- años vivían en Coimbra a donde habían llegado de su nativa Braga. Sorprendidos, los dos hermanos confesaron ser tambien oriundos de la misma ciudad. Unos y otros desearon entonces extender más y más la charla para conocer detalles de sus vidas. Jacinto recordó haber conocido a Antonio y haber departido con él en alguna ocasión. Lucía dijo estar casi segura de haber conocido a María Fátima en el Hospital San Antonio. No recordó haber visto a Maria José. Arturo dijo no recordar mucho de su vida en Braga pues desde pequeño, a especial petición de sus abuelos, vivía con ellos en Coimbra. Cecilia y Sofía recordaron haber visto a María Fátima cuando estudiaban en el Instituto de Educacion Elemental.

Los Magallanes-Pereira dijeron a sus- ahora nuevos amigos- que, por no tener espacio en su casa ya que ésta era también sitio de trabajo, no les invitaban para que fueran sus huéspedes en Tavira que, coincidencialmente, era la próxima ciudad a visitar por los De Mendoza donde tenían algunos parientes. Fijaron entonces un día y hora para reunirse en Tavira: el primer sábado de Enero a las cinco de la tarde. Los dos hermanos irían a la casa de una prima de Lucía. Fue ésta segunda reunión de Joao y Paulo Jorge con los De Mendoza, la ocasión propicia para que los dos hermanos pidieran a Cecilia y a Sofía que los aceptaran como sus novios. Con cierta timidez las hermanas De Mendoza aceptaron. Los cuatro acordaron reunirse al día siguiente con Jacinto y Lucía para comunicarles lo acontecido. Jacinto, después de escuchar lo dicho por sus hijas y por los dos hermanos, no se opuso a sus planes pero dudó de que esta relación llegara a ser firme y duradera dada la distancia de casi seiscientos -600- kilómetros que los iba a separar. Lucía emitió tambien su opinión. Estaba en total acuerdo con su esposo y, aún, fué más lejos: " no queráis tener a nuestras hijas como diversión por un tiempo. No sera fácil para vosotros mantener un verdadero amor si continuáis en esta ciudad. Pensadlo bien; no intentéis jugar con

Cecilia o con Sofía; no lo toleraremos". Estas adevertencias- duras para ellos- dada su honestidad a prueba, los hizo callar y meditar por algunos minutos. Se miraron luego y Jorge Paulo dijo con voz clara, firme y sin titubeos: "vosotros, Jacinto y Lucía y vosotras Cecilia y Sofía, tened la seguridad de que estáis tratando con caballeros. Os damos nuestra palabra; no sufriréis por culpa nuestra". Joao agrego:"os aseguramos Cecilia y Sofía que os amaremos con sinceridad y plenitud; haremos lo que a nuestro alcance esté para no perderos". "Os trasladaréis entonces a Coimbra" interpeló Jacinto. "Ya veremos, ya veremos contestaron lo dos hermanos al unísono". Tres días después se despedían entre abrazos y sollozos. Jacinto, su esposa e hijas partían en tren para Coimbra.

Con la decisión de no perder a sus novias, los dos hermanos hablaron telefónicamente a sus padres y a su hermana. Estos les expresaron su alegría. Antonio sí recordaba a Jacinto. Sabía de sus condiciones de hombre de bien y de honestidad total.

Con su matrimonio en mente, los dos hermanos aunaron aún más sus esfuerzos para incrementar ingresos y utilidades. No les fué mal. Ciento cincuenta y seis -156- días después de sus despedida en Tavira, Joao, Paulo Jorge, Cecilia y Sofía se reunían de nuevo. Esta vez en la casa de ellas, en Coimbra. " Hemos venido a pedir vuestra mano" dijeron Joao a Sofía y Paulo Jorge a Cecilia. "Aceptais?" Las hermanas De Mendoza no lo dudaron. Se lanzaron a los brazos de sus novios y un beso lleno de amor y de pasión fué la respuesta. "Viviremos aquí, verdad?" dijo Sofía. "Es vuestro deseo o es vuestra condición?" comentó Joao. Las dos hermanas se miraron y sonrieron. " Lo que sea mejor para cada pareja", dijo Cecilia. "Lo mejor para cada pareja es lo mejor para los cuatro" afirmó Paulo Jorge, con el asentimiento de su hermano. Pasaron al gran salón donde esperaban Jacinto y Lucía. Tras el formalism de la ocasión, éste dió gustoso su consentimiento para la boda que se realizaría en veinte-20- días. "Viviremos en Tavira por seis meses y luego nos trasladaremos bien a Braga o bien a esta ciudad. De acuerdo?" dijo Jorge Paulo mirando a Cecilia y a Sofía. "De acuerdo" respondió Cecilia y agrego: "qué decidirá que sea Braga o Coimbra?" "Las circunstancias económicas y familiares que estemos viviendo en ese momento" enfatizó Jorge Paulo con el apoyo de su hermano quien añadió: "esperamos lo mejor en lo económico y que para esa fecha esten en camino nuestros hijos".

La boda se realizó en Coimbra con la sencillez y elegancia característica de los Magallanes-Pereira. Los dos matrimonios viajaron de regreso a Tavira partiendo luego para la isla del mismo nombre donde estuvieron por diez días. Cuatro meses después del matrimonio Joao y Paulo Jorge proceddieron a la venta de lo que ellos siempre llamaron "su fuente de ingreso". Vendieron también la casa. Magnífica utilidad registraron. De inmediato avisaron a Jacinto y le pidieron ubicar, una casa grande, de dos plantas y con amplios jardines para comprarla una vez regresaran a Coimbra.

Siete años después de su boda, los dos hermanos llevaban una vida feliz y tranquila al lado de sus esposas y de sus pequeños hijos.

Trabajaban con ahínco para poder tener las comodidades que habían prometido a sus esposas. Cecilia y Sofía, por su parte, habían comprendido y aceptado la estrecha unión de Joao y Paulo Jorge: eran ellas tambien "dos pensamientos y una voluntad".

Y EL ODIO Y EL RENCOR FUERON VENCIDOS

Desde la niñez se conocían. Habían atendido la misma escuela elemental; también la misma escuela superior. Siempre competían entre sí; siempre hubo cierto rencor en su corazón. Siempre, cada uno, deseaba salir de la ciudad e irse lejos sin llevar consigo ni tan siquiera un recuerdo que los alentara a vencer sus deseos de venganza y, de paso, esa melancolía de la que su alma estaba llena.

Era tal su mutua animadversión, que cada uno hacía constante esfuerzo para evitar encontrarse y, cuando esto ocurría, en los eventos deportivos, por ejemplo, el sufrimiento era grande. No acudían a reuniones -a menos que fueran éstas obligatorias-, para mantenerse alejados el uno del otro.

Vivían en **Zurich, Suiza**, no en la opulencia pero sí en condiciones que muchos envidiaban. Resaltaba en ellos, en mayor o menor grado, el deseo de ayudar a los que algo necesitaban. Se sentían diferentes cuando esto hacían ya que ponían todo su entusiasmo y voluntad en esta acción.

Sus casas, a las afueras de la ciudad, estaban ubicadas a distancias similares del centro financiero de **Zurich**, donde trabajaban. Procuraban tomar vías diferentes para no encontrarse. Las discusiones entre sí eran tan vehementes, que durante una de ellas un cuadro del famoso pintor suizo Charles Gleyre fue destruido.

Discutían por qué los cantones suizos, que según el tratado de Westphalia- firmado en 1, 648- eran estados soberanos, con límites, ejército y moneda propios, habían dejado de serlo para establecer el estado federal suizo en 1, 848. Más vehemencia hubo el día en que casi se pelean por la creación del último cantón - **Jura**-, ocurrida en 1,979 ya que cada uno acusaba a los abuelos de los otros de haber contribuido a desmembrar el cantón de **Berna** para crear el de **Jura.**

" Mis antepasados solo gloria le dieron a este país ", decía uno de ellos. " Contribuyeron a la construcción de los famosos castillos **Castelgrande, Montebello y Sasso Corbaro** en **Bellinzona,** capital del cantón de **Tesino** y la ciudad más italiana de Suiza ". " Los míos, dijo el segundo, trabajaron muy duro en el progreso de **Davos** que, como sabemos, tiene la pista de hielo más grande de Suiza y es Foro Económico Mundial. Y esto es más reciente; algo que se puede constar " " Pues mis antepasados -viejas y recientes generaciones-, prácticamente fundaron y constantemente han estado presentes en el desarrollo de **Ginebra,** la segunda ciudad de nuestro, digo, de este país" dijo el tercero y agregó: " Ellos siempre contribuyeron al embellecimiento del **Lago Leman,** conocido como el **Lago de Ginebra**. Un grupo de esos antepasados trabajó directamente con el teólogo francés **Calvino,** quien llegó a Ginebra en 1536 y fue uno de los Padres de la Reforma Protestante- después del alemán **Lutero** y el suizo **Zwingli.** A Ginebra, como se sabe, se le llama **La Roma del Protestantismo.** Otro grupo, siempre estuvo al cuidado del **Río Ródano** que divide a Ginebra en dos y, en cada parte, estuvieron ellos. Creo que aún hay algunos por ahí".

Los tres, por supuesto, vivían orgullosos de sus antepasados. Siempre, no obstante, evitaban profundizar en lo bueno o malo que esos antepasados hubieran hecho. Parecía como si quisieran evitar más odio entre ellos. Era suficiente el que ya había en sus corazones.

Coincidencialmente, renunciaron a sus trabajos el mismo día. No lo sabían entre sí. Lo supieron dos semanas después al asistir, cada uno por separado, a la fiesta de despedida ofrecida por las empresas a las que prestaban sus servicios. Tras unos días de descanso y reflexión, los tres tomaron idéntica decisión:abandonar Suiza sin demora. No lo comunicaron a nadie. Sus casas quedarían al cuidado de cercanos familiares o amigos.

El primero (mayor en edad), salió para **Austria**, al este de Suiza. No se sintió a gusto en este país y se fué entonces para el norte: **Alemania**; se radicó en **Hamburgo**. El segundo(también en edad), tomó camino hacia el occidente y se qued,ó a vivir en **Marsella, Francia.** El tercero (menor en edad), sin pensarlo mucho, tomó rumbo al sur y fijó su residencia en **Turín, Italia.**

Eran trabajadores incansables. Su responsabilidad, su buen trabajo y su comportamiento con los demás, eran las razones de su éxito. Así, cada uno prosperó e hizo una pequeña fortuna a base de ahorro constante. Ninguno deseaba acordarse y, mucho menos, ver de nuevo a sus dos "enemigos". Tampoco les llamaba la atención volver a Suiza. Deseaban, más bien, olvidarse de su vida pasada y vivir más el presente. Los tres amaban los deportes y practicaban algunos. Gozaban de muy buen estado físico.

Cada uno adquirió su propia vivienda: casa grande con jardines y ventanales muy pequeños, como si quisieran que los viejos y desagradables recuerdos no tubieran cabida.

Sus ingresos les permitían adquirir automóvil nuevo cada año. No lo hacían, sin embargo, a fin de incrementar sus ahorros.

Contrajeron matrimonio en el mismo mes:Julio. El día de su boda, cada uno se acordó de los otros dos con tal vehemencia que no lo pudieron ocultar y así lo manifestaron a sus esposas quienes, obviamente, se sorprendieron al escuchar las diversas historias contadas por sus maridos. Ellas, los alentaron para desarraigar de su corazón el odio y el rencor. Los animaron para que de su alma brotara solo perdón y olvido. Cada pareja era feliz. Los seis gozaban de buena salud. Una sólida posición financiera los acompañaba.

Como si se hubieran comunicado y lo hubieran acordado, decidieron, las tres parejas, posponer cualquier embarazo. Viajarían y conocerían otros paises primero. Esto ocurrió dos años y cuatro meses después de sus bodas. Viajaron a **Inglaterra** y de ahí a **España** de donde, para dar cumplimiento a uno de sus sueños, viajaron al Nuevo Continente escogiendo a **Colombia** como primer país a visitar. Llegaron a la ciudad de **Bogotá** en un Noviembre, desenvolviéndose muy bien con el idioma local ya que años atrás lo habían aprendido. Habían oido de la existencia de una **Catedral construida dentro de una mina de sal** en una ciudad no muy lejos de Bogotá. Tenían verdaderos deseos de conocerla, bueno de estar allá y ver si esto era cierto pues les costaba creer que en este país sudamericano se hubiera construido semejante obra. Hicieron los arreglos turísticos del caso y empredieron viaje a la ciudad de **Zipaquirá.**

La primera pareja llegó en un carro del hotel "Bogotá Hilton". La segunda lo hizo en un muy lujoso autómovil del "Bogotá Plaza". La tercera arribó en lujoso carro del "Hotel Tequendama".

La famosa frase "qué pequeño es este mundo", se cumplió a cabalidad en **Zipaquirá, Colombia** aquel seis de noviembre. A medida que fueron bajando de los automóviles y tomaban a sus esposas de la mano para dirigirse hacia la puerta de la Catedral, los tres "enemigos" sintieron una rara emoción. Alegría y tristeza, al mismo tiempo, los embargaba. No había calor en el lugar y sin embargo sus cuerpos sudaban. Sus mentes se confudieron por unos minutos causando preocupación a sus esposas que no alcanzaban a percibir lo que ellos estaban padeciendo en esos eternos instantes.

Al reanudar sus pasos, los tres se miraron fíjamente por unos segundos. De sus ojos brotaron lágrimas y en seguida, sin decir palabra alguna, se abrazaron por minutos. Habían comprendido que la amistad era más poderosa que sus rencillas anteriores. Entendieron la oportunidad que la vida les brindaba, en esta muy lejana y desconocida ciudad, para dejar atrás amarguras y rencores y, en un estrecho abrazo, los tres y sus esposas, se prometieron perdón, respeto y una firme voluntad de estar unidos por el resto de sus vidas. Con esta acción, **Daniel, Enrique y Adolfo** vencieron el odio y el rencor que por tantos años los había separado.

C ientos de años han pasado y tú subsistes

R ealzando unas creencias; rechazando otras.

I nmensos esfuerzos siempre has hecho para estar adelante; para seguir viviendo.

S on tus raices las que Dios sembró y que El Redentor, en su vida humana, destacó.

T orrentes de ataques has sufrido ya. Pero tú,

I nvicto te has mostrado y sigues adelante;

A ferrado a lo que crees justo y sabio para la humanidad que, a pesar de muchos

N ubarrones, ve en ti una luz, una guía, una esperanza.

I ndiferente a los problemas, no lo eres y

S uavizando las hostiles circunstancias con

M aternal amor y respetuosa

O bjeción a otras maneras de pensar, tú contribuyes al convivir universal.

NI LAS LAGRIMAS

Por las calles de Komotini, su tierra natal,
Crisóstomo caminaba llevando consigo solo reconcor,
melancolía y deseos de morir.
Su mente, su corazón anhelaban solo un suceso fatal.
Tal era su estado negativo, que ni un escalón a lo positivo
podía ya subir.

Se había presentado a la Fuerza Aerea Helénica
siguiendo los pasos de abuelos, padre, tíos, hermanos.
Al rechazarlo le dijeron: no estás en condiciones de servir;
tu salud es precaria y ni el peso de un fusil soportarían ya tus manos.

También en Argos, ciudad al otro extremo del país,
las puertas se le habían cerrado.
Aquí no se te admite, le informaron
tu cuerpo, tu rostro no son los de un guerrero
son más bien los de un enfermo de cuidado.

Un supremo esfuerzo lo llevó a Esparta.
Mejoraré, se dijo, y llegaré a ser, como en la historia,
un ejemplar guerrero cubierto por la gloria.
Pero su mala suerte le seguía y, tampoco allí, se le admitió.

De nuevo rechazado, su mente acarició un nefasto pensamiento:
poner fin a sus días.
Su padre al enterarse le abrazo y le dijo:
No es de valientes la acción que has escogido.
Recuerda que el Supremo es el dueño de las vidas.

Crisóstomo sufría una rara enfermedad:
Un cuerpo enjuto y un rostro sin colores,
eran la secuela de aquella novedad.
Por qué Dios mío. Por qué yo? Se lamentaba.

Su madre, recientemente fallecida, en una aparición le contestó:
Crisóstomo, hijo amado, no solo con las armas se puede ser guerrero.
La lucha que has librado para vencer tu enfermedad, es prueba fehaciente.
Tu padre y tus hermanos que han visto tu dolor,
te admiran y te quieren. Ya eres para ellos guerrero con honor.

Y yo, que sufrí tanto al no poder curarte, os suplico:
No pongas fin a tu existencia.
Dios tiene en cuenta tu dolor y te traerá a mi lado cuando sea su voluntad.
Y llorando se alejó.

Ni la alegría de verla nuevamente; ni la tristeza de su partida aún reciente; ni la súplica plena de amor y de bondad; ni las lágrimas que por su rostro descendían, fueron suficientes para que Crisóstomo cambiara de opinión.

Llegó al sitio escogido de antemano;
saltó al vacío y su cuerpo, ya sin vida,
cayó al mar que habia amado con deleite y con pasión.

Y CADA UNO VOLVIO A LO SUYO

Caracas - Universidad Central

Tras dejar familia y proyectos en **Porlamar - Isla Margarita-**extremo oriente de su querida **Venezuela,** Amarilis estudiaba Física y Química en este centro docente. La nostalgia la embargaba mucha veces, siendo ésta la principal razón para un rendimiento no muy alto. Ella, sinembargo, deseaba continuar y obtener su grado como lo había prometido a sus padres y así misma. Por eso, su esfuerzo era constante y, en algunos exámenes, obtenía muy buenas calificaciones que contrastaban con las bajas que en otros recibía. " Tengo que vencer esta nostalgia y este constante vivir en Porlamar, no puedo fracasar. No puedo perder más tiempo pensando en las finas perlas que comerciamos así ganemos dinero por montones. Mi ambición no está en las perlas. Está en llegar a ser una magnífica profesora o una fuerte mujer de empresa, para lo cual necesito mi grado" se dijo un día y, con toda voluntad, tomó la firme resolución de poner toda su mente y todo su corazón en sus studios.

En la misma facultad estaba **José Gregorio**, quien había llegado de **Ciudad Bolívar,** ciudad ésta de altas temperaturas y bañada por el majestuoso **Río Orinoco.** Pertenecía José Gregorio a una familia humilde y de escasos recursos económicos. Una colecta monetaria se había hecho entre familares y amigos para pagar el transporte terrestre hasta Caracas. Había ganado una beca. Quería graduarse en la capital. Quería sobresalir y, posteriormente, ayudar a su familia que ganaba el sustento con dos pequeños negocios : preparación casera de jugos de frutas y producción, también casera, de helados de diversos sabores que eran muy apetecidos por vecinos y transeúntes. Soñaba José Gregorio con una gran empresa. Deseaba comprar maquinaria moderna y convertir esos dos pequeños negocios en una de las más grandes, si no la más grande, heladería de la ciudad. Por eso, aparte de Administración de Empresas tomaba, con permiso especial, algunas clases de Química. También allí cursaba sus studios de Historia y Filosofía, **Matilde** oriunda de **San Cristobal** ciudad muy cercana a la frontera con **Colombia.** Venía de una familia adinerada y había siempre soñado con ser una figura destacada en la docencia. Ya en la escuela superior había ayudado a los alumnos que experimentaban alguna dificultad con los estudios. Le fascinaba enseñar y sentía gran alegría cuando tenía oportunidad de hacerlo.

Coincidieron Amarilis, José Gregorio y Matilde en la biblioteca de la universidad. Se saludaron casi a señas dado el estricto silencio obligatorio en el recinto. A los tres causó alegría este encuentro y, a señas también, se dijeron que se encontrarían en el salón-comedor en media hora. Fue Matilde la primera en arribar. Luego llegó José Gregorio y, con un retraso de seis minutos, llegó Amarilis. Tras la formal presentación, cada uno contó su origen, sus logros y, en parte, lo que harían tras su graduación. Nació, sin duda, una amistad sincera y deseos de compartir, más y más, sus ratos libres. Así lo hicieron y, a los dos meses de su primer encuentro, aprovecharon tres días de vacaciones y viajaron a **Valencia** ciudad llena de industria y no tan lejana de Caracas como las de su origen, ya que está a solo 150 kilometros de distancia. Ninguno de los tres la conocía.

Les encantó el buen trato recibido de sus habitantes, como las limpias calles lo que la hacen una ciudad especial. Visitaron muchos sitios de interés entre ellos la **" Casa Páez "** en cuyas paredes se ven pinturas de algunas batallas en las que participó el famoso héroe de la independencia **General José Antonio Páez.**

Regresaron a la Universidad Central con más ánimo para el estudio y, cada uno, deseaba recibir su grado para compartir con sus amigos la alegría que, sin duda, este hecho causaría. Los días, los meses pasaban y la fecha para presentar la tesis y obtener su grado se acercaba. Ellos se ayudaban mutuamente haciendo, el uno al otro, un simulacro del examen que, profesorado y decano de la facultad, harían. Pocos días faltaban para este magno evento cuando acordaron que, una vez graduados, viajarían a sus respectivas ciudades para compartir su éxito y felicidad con su familia. Descansarían dos semanas y luego se encontrarían de nuevo en Caracas para iniciar un recorrido por las principales ciudades de su país a fin de conocer las más grandes empresas en los diversos tipos de industria y observar de cerca su funcionamiento. Recibieron su grado. Los tres fueron premiados con la más alta calificación y no fueron pocos los apláusos de profesores, decanos y compañeros de clase. Ese mismo día se despidieron. Arribaron a sus hogares paternos siendo objeto de innumerables agasajos. José Gregorio obtuvo algun dinero de familiares y amigos como regalo de grado. No le era suficiente. Así que - ya con su título -, se acercó a uno de los bancos en Ciudad Bolívar y obtuvo un préstamo. No era un gran monto pero le alcanzaría para su nuevo viaje a Caracas y retornar sin dificultades monetarias.

Al regresar a Caracas, tanto Amarilis como José Gregorio y Matilde, intercambiaron obsequios. No eran regalos costosos o vistosos; eran objetos típicos de sus ciudades traidos con especial cariño. Y así fueron recibidos. Sin demora, prepararon el itinerario: Valencia –nuevamente-, **Barquisimeto,** San Cristobal, **Maracaibo** y Ciudad Bolívar. En cada ciudad se presentarían como " futuros Gerentes de grandes empresas". Plenos de optimismo, empezaron el recorrido teniendo gran acogida en las diversas partes donde eran recibidos. Muchas eran las felicitaciones proporcionadas por su grado, por sus conocimientos, por la claridad en sus exposiciones pero, especialmente, por el deseo de superación. Ofertas de trabajo inmediato también les eran hechas pero, por previo acuerdo entre ellos, éstas eran declinadas.

Después del recorrido, durante el cual visitaron veintidós empresas, regresaron a Caracas. Amarilis y Matilde, conociendo la estrechez económica de José Gregorio, propusieron hospedarse en un modesto pero buen hotel. Él les agradeció y, un poco incómodo, les prometió que una vez tuviera sus propios ingresos, se hospedarían, por su cuenta, en hotel de cinco estrellas como ellas lo merecían. Hicieron un recuento escrito de la visita a las diferentes empresas y cada uno obtuvo una copia acordando que estaban en plena libertad de aceptar un empleo en cualquiera de ellas pero con dos condiciones: el cargo tendría que ser ejecutivo y los otros dos serían avisados. La noche anterior a la separación, Matilde propuso a Amarilis hacer un viaje al exterior con la misma finalidad del hecho en Venezuela. Un inconveniente había: ninguno de los tres hablaba **Inglés** o **Francés**. Solo Amarilis hablaba **Portugués,** aprendido en su niñez cuando sus padres vivían en el **Brazil.** Decidieron ambas ir al Brazil y Amarilis haría de intérprete. Invitarían a José Gregorio pues no viajarían sin él. A primera hora del día lo llamaron a su habitación pidiéndole reunirse con ellas rápidamente en el salocinto de conferencias. Bastante sorprendido, José Gregorio acudió a la reunión en cosa de pocos minutos. Ya estando los tres, Matilde le comentó lo conversado con Amari lis. José Gregorio se alegró por esa decisión y, con nobleza y elegancia, declinó la invitación dada sus falta de recursos económicos. " No puedes rechazar acompañarnos" dijo Matilde. Amarilis agrego " nos dejarías viajar solas? no lo creo. Es mucho lo que nos une para que por orgullo no vengas con nosotras". " Además, todos tus gastos serán, en definitiva, por cuenta tuya pues una vez que empieces a devengar un sueldo u honorarios, los irás cubriendo" remató Matilde. El gran cariño, la profunda amistad y la inmensa gratitud, obligaron a José Gregorio a dejar de lado sus consideraciones y aceptar la invitación. Un estrecho abrazo los unió aún más. Algunas lágrimas de felicidad rodaron por las mejillas de Matilde y de Amarilis.

Salieron de inmediato para la Embajada del Brazil donde obtuvieron la visa de ingreso. Viajaron con destino a Sao Paulo al día siguiente. Hospedados en uno de los más lujosos hoteles, leyeron la lista que habían obtenido en la Embajada con los nombres de las más prestigiosas empresas. Sin perder un minuto, contrataron un automóvil al servicio del hotel para que los transportara a las diferentes empresas donde esperaban ser recibidos. De ocho posibles visitas, seis se produjeron. Las otras dos no, ya que esas empresas afrontaban dificultades laborales por esos días. Al igual que en las empresas venezolanas, los elogios no se hicieron esperar. Los empresarios brazileños los felicitaban por sus estudios; por su grado; por las metas que se habían fijado y, aún, por el sano atrevimiento para viajar y presentarse sin previo anuncio. Como sucedió en su propio país, recibieron ofertas de trabajo y, en cuatro de las empresas visitadas, les ofrecieron costear su traslado al Brazil. Era grande el interés de estos empresarios por tenerlos en su grupo. Como lo habían acordado, Amarilis, Matilde y José Gregorio con altura declinaron las ofertas no sin antes expresar su profunda gratitud. Pasó, sinembargo, algo diferente con los empresarios brazileños: José Gregorio, a nombre de los tres, y a través de Amarilis como intérprete, preguntó:

" si en un futuro uno de nosotros, o dos, o los tres deseáramos radicarnos en esta ciudad podríamos ponernos en contacto con ustedes? " " No solo eso; sería muy agradable verlos de nuevo y convencerlos para que se unan a nosotros" fue la respuesta –casi copiada-, que recibieron en las diferentes empresas.

Regresaron a Caracas y se hospedaron en el lujoso **Hotel Tamanaco.** Acordaron separarse sin lágrimas, sin tristeza exterior y regresar cada uno a su sitio de origen. Intercambiaron número de teléfono, dirección de su casa paterna y algunos detalles familiares. Un pacto fué también hecho: cada seis meses se visitarían. Amarilis y Matilde irían primero a Ciudad Bolívar; José Gregorio y Matilde viajarían luego a Porlamar y, finalmente, Amarilis y José Gregorio viajarían a San Cristobal. Cualquier cambio en sus vidas, matrimonio, por ejemplo, no sería impedimento para continuar esta práctica. José Gregorio acompañó a sus dos entrañables amigas hasta el avión que, desde el **Aeropuerto de Maiquetía,** las llevaría una a Porlamar y la otra a San Cristobal. El último abrazo fué casi interminable; el llanto los ahogaba pero, fieles a su promesa, cada uno fué lo suficientemente fuerte para no llorar. Un autobús llevaría a José Gregorio a Ciudad Bolívar.

Unas pocas semanas después de su regreso a Porlamar, Amarilis sufrió la pérdida de supadre. Dados sus estudios y lo que había aprendido en sus visitas a las empresas nacionales y brazileñas, la familia quiso que ella sucediera a su padre en el cargo de Director General del conglomerado empresarial que tenían y cuya fuente principal era la pesca y comercialización de perlas finas. José Gregorio fué recibido con gran alborozo en Ciudad Bolívar. Familia y amistades ofrecieron una gran celebración. Una extraordinaria sorpresa le esperaba: Su tío Antonio José, que inesperadamente y después de varios años de ausencia había regresado al grupo familiar, era ahora un adinerado hacendado en el **Estado Portuguesa.** Ofreció a José Gregorio todo su apoyo para que éste lograra sus sueños y, para empezar, le dió " en préstamo " lo necesario para remodelar la casa y comprar la maquinaria y demás utensilios para convertir los dos pequeños negocios en un gran supermercado pero teniendo, como base principal, los jugos de frutas y los helados. Matilde era el orgullo de sus padres. Al poco tiempo de su regreso a San Cristobal, el Director de la Asociación de Colegios Privados la nombró su Asistente cargo en el que alcanzó a hacer un corto pero excelente trabajo ya que, seis meses después, el Gobernador del **Estado Táchira** la nombró Secretaria de Educación. Cumplieron Amarilis, José Gregorio y Matilde su promesa de visitarse y comunicarse? Tal vez lo sepamos más adelante en otra historia con el mismo o con diferente título.

N umerosos, miles son los que a diario te visitan y con especial deleite contemplan tus imponentes edificios, tu "Rockefeller Center" y tu grandiosa estatua.

U niversalmente conocida y por muchos detestada.

E res, sin embargo, la gran urbe, **" La Gran Manzana"** que cada Noviembre con el gran desfile de tu tienda "Macy's", solo alegría brindas a la multitud abigarrada.

V emos, en la historia, que tu nombre de Nueva Amsterdam a Nueva York, fue cambiado.

A sí tu progreso fue rápido, veloz, exitoso y finamente calculado.

Y a en plena juventud a millones de inmigrantes recibiste, dándoles soporte material y lo que todos anhelaban: **Libertad**

O dio sin sentido has recibido y daños materiales te han causado. Pero tus hijos te siguen siendo fieles y te cuidan llenos de fe, esperanza y voluntad.

R ascacielos, así sean destruidos, siempre los habrá y no son más que un signo de tu orgullo y tu altivéz.

K epis y mas kepis en tus calles se verán; no es miedo; no es terror; es solo prevención y cuidado a tus hijos y a todos a la vez.

P udiera ser mejor tu ubicación en nuestro cuerpo; pero como a una

R eina te dejaron en sitio casi inaccesible y también

O stentas un poder incomparable con tu pequeñísimo tamaño.

S entimos terror, nosotros los humanos, al solo pensar que

T u función en nuestro cuerpo no siga las reglas esperadas.

A sí las cosas, se me ocurre que al este mundo terminar su curso, otro, tal vez mejor, vendrá y por eso al Creador sugiero:

T en piedad Señor y coloca este órgano en sitio diferente, a fin de que los nuevos hombres

A cepten los exámenes del médico sin la verguenza, dolor y humillación que ahora padecemos.

TAMBIENYO

Era Francessca un ser lleno de amor hacia sus padres; lleno de pasión por su estudios; plenamente responsable de toda tarea que se le encomendaba - ya en su casa, ya en el colegio que atendía con esmero, ya en la Parroquia a la que, todos los domingos y en compañia de sus padres, asistía.

Su amablidad y cortesía; su ternura y afecto a los ancianos; su dulzura y alegría que brindaba a los pequeños, hacían que todos vieran en ella una persona especial. Padres y abuelos; hermanos y primos; tíos y demas familia, vivían orgullosos de Francessca.

Cada uno tenía ya en su mente las actividades a las que ella debería dedicarse para ser, en un tiempo no lejano, la mujer más prominente de su natal Palena. Unos la veían ya como una elegante y rica matrona; otros, como pedagoga con los más altos títulos; otros, como una aguerrida luchadora política tratando de hacer de Palena la más bella urbe de Italia. Francessca, por su parte, era consciente del gran amor, del respeto y de la admiración que recibía y, con cierto grado de humildad, lo agradecía. En sus adentros, sin embargo, su felicidad no era plena: algo faltaba. No tenía una idea, así fuera remota, de qué podría ser.

Culminados algunos años de estudios superiores, un día convocó Francessca a padres, hermanos e immediatos familiares. Reunidos en el salón principal de la casa paterna, espaciosa y con grandes y abundantes ventanales, sin preámbulo les dijo: " He decidido buscar otros caminos fuera de nuestra ciudad, fuera de nuestra provincia. Quiero ver y ser partícipe de los adelantos que se viven en las grandes urbes. Creo estar preparada. Creo que podré afrontar los retos que se me presenten. Pienso que debo hacerlo ahora". Todos se miraron unos a otros. No sabían qué decir. El impacto de la noticia fue muy grande. Ninguno pronunció palabra alguna. Tras breves momentos, Angelo, su padre, se levantó de la silla que sólo él usaba y dijo: " El inmenso amor que en mi corazón hay para ti, Francessca, no será obstáculo para tus sueños. Tendrás mi ayuda para su realización. Te apoyaré en todo lo que, correctamente, hagas para que logres lo que buscas". Abrazó y besó en la frente a su hija y enseguida, haciendo un supremo esfuerzo para no llorar en su presencia, abandonó la sala y se alejó, paso a paso, de la casa. No tenía fuerzas para caminar. La tristeza que le embargaba era, sin duda, la más grande que en su vida había sentido. No pudo contener el llanto y, por breves momentos, lloró amargamente tal cual lo había hecho el día en que perdió a su madre. Pero Angelo era fuerte. Pensando en la vida futura de su hija, elevó una plegaria a San Falco – Patrono de Palena y, animado por una fuerza extraña, rápidamente regresó a la casa y entró a la sala. En ese mismo instante Clarissa, su esposa y madre de Francessca, abrazaba a ésta y con éstas palabras la animaba: " Adelante hija, Dios y la Virgen te guiarán y te ayudarán. Ellos, espero yo, te regresarán a ésta tu tierra, para seguir siendo la luz y la alegría de cuantos te amamos y te necesitamos. Ah, y no te olvides de San Falco nuestro Santo Patrono ".

Exactamente tres semanas después, Francessca tomaba el tren que la llevaría por la Provincia de Abruzzo, a la que pertenecía Palena y, que después de recorrer una distancia aproximada de ochenta kilómetros, la dejaría en Roma. En la "Ciudad Eterna", Francessca entró a la Universidad " La Sapienza" donde, tras estudiar con todo ahínco, obtuvo dos doctorados: Filosofía primero y luego Letras y Filología. Ambos los obtuvo con los más altos honores (Summa cum Laude). Dadas sus cualidades intelectuales y humanas, los directivos de la Universidad le pidieron trabajar para ese centro docente en la Cátedra de Letras y Filología. La remuneración económica no era nada despreciable y, aunque el dinero no era precisamente lo que Francessca anhelaba, ella aceptó. En la Cátedra desarrollaba una excelente labor y era áltamente estimada por estudiantes, colegas y directivas. Su vida era tranquila: trabajo, alguna actividad deportiva, reuniones con amigos y amigas, reuniones de trabajo y, obvio, el tiempo necesario para hablar telefónicamente con sus padres y hermanos todos los días. A ellos enviaba gran parte de su sueldo. Tenía también, en la semana, un día asignado para llamar a sus amigos en Palena.

Departía con ellos largamente enterándose de los acontecéres de la ciudad. Esto la divertía y le proporcionaba alegría. Pero al igual que en Palena, Francessca sabía que su felicidad era incompleta. Dedicaba largos momentos a buscar la respuesta. No la hallaba.

Fue promovida, a pesar de su temprana edad, al grupo jerárquico de la Cátedra de Letras y Filología. Representando a " La Sapienza" participó en conferencias internacionales en ciudades varias como Amsterdam, Berna, París, Sevilla y Londres obteniendo, siempre, los mejores comentarios y elogios. En una de esas reuniones, no fallú, desde luego, quien le propusiera matrimonio. Ella, con la dulzura y la bondad que le eran características, declinaba la propuesta.

Por alguna razón, aún no clara para ella, Francessca siempre había deseado ir a Siena, ciudad ésta que alberga a miles de visitantes, domésticos y foráneos, que llegan con la intención principal de conocer el Convento de Santa Catalina de Siena y la Iglesia de Santo Domingo. El fervor religioso de esta santa había impactado en alto grado a Francessca cuando, aún joven, leía su biografía. Terminada una jornada de trabajo en Milan, donde había dictado una conferencia sobre los más célebres filósofos de la Antigua Grecia, decidió visitar Siena, distante unos doscientos noventa kilómetros (ciento ochenta y cuatro millas). Comunicóse entonces con el Superior de la Cátedra en "La Sapienza" y obtuvo permiso para ausentarse por unos días.

Le fascinaba viajar en tren. Así que, dejando a un lado las ofertas de amigos y colegas para viajar con ella en automóvil, emprendió el anhelado viaje en el primer tren de la mañana siguiente. Una vez en Siena, se hospedó en un modesto hotel buscando no ser reconocida ya que por humildad, no por timidez, así lo prefería. A primera hora del siguiente día, y teniendo en cuenta las indicaciones del empleado del hotel, se dirigió a pie hacia el Convento. En menos de media hora estuvo allá. El simple hecho de llegar, provocó en Francessca la alegría más grande de su vida. Su Corazón latía con cierta rapidez. Su mente retrocedió al momento exacto en el que, leyendo la biografía de la Santa, se habia dicho: "También yo puedo ser monja ; también yo puedo ser santa". Llamó a la puerta. Una monja abrió y amablemente saludó. Francesca respondió al saludo y de immediato preguntó por la Madre Superiora. Mientras esperaba, Francessca sintió, realmente, que era allí donde debía estar. Pensó; reflexionó ; oró. No era angustia lo que sentía. Era paz; era tranquilidad; era un deseo de permanecer allí; era un deseo de pertenecer a ese mundo. Corto tiempo después, la Superiora se presentó. Un saludo lleno de cordialidad y paz ofreció a la catedrática. Al oir su nombre y apellidos, así como también algo de su actividad docente, La Superiora le inquirió si no era ella la ya famosa conferencista de "La Sapienza" "Sí", afirmó Francessca con su humildad acostumbrada. En casi medio día de amigable charla, Francessca relató a la Superiora su vida, sus logros, sus sueños e hizo un especial énfasis en la inexplicable e inmensa alegría experimentada a su llegada al Convento. La Superiora, a su vez, dió a Francessca su opinión clara y sincera. Amplia explicación le dió sobre las dificultades sinnúmero que enfrenta una monja y, con más rudeza que amabilidad o buen tono, le hizo ver las grandes diferencias entre una monja y una afamada catedrática poseedora ya de una buena fortuna económica a más del amplio y exitoso porvenir que le esperaba en una de las mejores universidades de Italia. Francessca escuchó, con la mayor atención, a la Superiora. Agradeció su tiempo, su amabilidad, su opinión y sus consejos. Al despedirse, pidió Francessca ser recibida nuevamente en pocos días. "Será muy grato tenerla de nuevo por aca", dijo la Superiora y la acompañó a la puerta de salida. Siguiente sitio de visita en la ciudad, fue la Iglesia de Santo Domingo donde se guarda la cabeza de Santa Catalina de Siena. Una vez allí, Francessca visitó la capilla de la Santa. Luego se acercó a la imagen de Jesús Crucificado y, pensando detenerse un corto tiempo, estuvo ahí por más de hora y media. Al abandonar el templo, Francessca había encontrado la respuesta que siempre había buscado sobre su vida futura: sería monja como Santa Catalina de Siena.

De vuelta al hotel, se comunicó con sus padres y les manifestó su deseo de ingresar a un convento y convertirse en monja si era aceptada. Angelo y Clarissa no se entristecieron con semejante sorpresa. Al contrario, una gran felicidad los embargó y después de felicitar y animar a su hija por la decisión, dieron gracias a Dios por lo que ellos consideraban una bendición para toda familia. Un día más estuvo Francessca en Siena. No tuvo comunicación con persona alguna. No fue al Convento. Fue sólo a la iglesia donde, frente a la misma imagen de Jesús Crucificado, pasó horas pensando, meditando, analizando la decisión que había tomado y lo que esto representaba en su futura vida. Sabía que no se trataba de un ensayo; tampoco se trataba de permanecer unos años en el convento para luego volver a su vida actual. Se trataba de dejar, de abandonar, de olvidar todo lo que tenía, de entregarse a una vida plena de sacrificios; sin aplausos; sin elogios; sin riquezas. Sí. Esto es lo que quiero se dijo y, volviendo sus ojos a Jesús Crucificado le dijo: "sé que tu me ayudarás". Luego salió del templo y rápidamente caminó hacia el hotel. A la mañana siguiente Francessca fue al Convento. La Superiora escuchó, con la mayor atención, la formal petición de la catedrática de "La Sapienza" quien, con humildad dijo :"Quiero ingresar al Convento y ser luego una monja ejemplar".Una respuesta positiva no se hizo esperar. Francessca agradeció a la Superiora y pidió un plazo para su ingreso ya que no podía abandonar la Universidad súbitamente y tenía tambien que viajar a Palena a fin de despedirse de padres, hermanos, abuelos y demás familia.

Quince dias pasaron y Francessca regresó al Convento. Transcurrían los días, los meses y Francessca veía, cada día más cerca, esa ceremonia inexplicablemente hermosa que es la Profesión. Cumplidos dos años, la ex-catedrática de "La Sapienza" se convertía en " Sor Clarissa de Jesus Crucificado".

E res, ante todo, " **La Madre Patria** " del suelo que me vio nacer. Por eso me siento también tuyo y cual hijo muy mimado,

S in haberte visitado, a distancia siempre te he amado y admirado. Leyendo tu historia, antigua, moderna, actual, siento que mi corazón

P alpita de alegría al ver cuán grande Dios te hizo y que tus hijos te conservan, para dicha misma y de extranjeros, llena de vida y tradición.

A ltamente elogiada siempre has sido y muchos miles en tu suelo su destino han escogido. Yo, que allá aún no he ido, un

Ñ udillo en la garganta siento al gritar "**olé**" en las corridas y al calor de la bota con anís, pienso que estoy, no en **"La Santa María",** sino en " **Las Ventas"** de Madrid.

A ltivez, autoridad y arrogancia siempre las tuviste. Así, ni **Otomanos**, ni **Romanos,** ni ningún otro Imperio subyugarte pudo. Y esas fuerzas que quisieron "amansarte", fueron saliendo de tu suelo después de recibir tu golpe duro. También has estado cubierta de nobleza y errores posiblemente cometiste. Me pregunto: pesan estos más que tu grandeza?

V   ida, emoción, y enorme

A   legría es, ciertamente, lo que tú

L   luz de primavera, has traido a tu familia.

E   nciendes, nuevamente, las ansias de vivir en tus abuelos.

N   ada más bello, es para tus padres, que el tenerte entre sus brazos y por eso,

T   e toman, y cual ofrenda al Padre Eterno, te levantan a los cielos.

I   nvitas, con tu llegada a este mundo, a dar gracias por la vida y por los seres que nos quieren.

N   o llevas nuestra sangre pero se alegran nuestras almas al saber que has nacido.

A   quí te esperan alegrías, sinsabores y desmayos; El Todopoderoso, sin embargo, te llevará segura por la vida.

Y CUMPLIERON...

SEGUNDA PARTE DE "Y CADA UNO VOLVIO A LO SUYO"

Los tres eran personas de seriedad y madurez alcanzados a temprana edad. Por eso, habían llegado al sitio que ocupaban ahora. El cumplimiento era, claro está, uno de los atributos que a ellos más los distinguía. Les incomodaba, por tanto, la actitud de muchos que, a pesar de tener las circunstancias favorables para hacerlo, no cumplían sus promesas.

Era ostensible el progreso intelectual y económico que cada uno había logrado desde aquella memorable despedida en **Caracas.** El uno era dueño de las cuatro más grandes fábricas de helados y jugos enlatados de su ciudad. Tenía también su propia red de distribución a los pueblos aledaños.

Era uno de los más influyentes miembros de la **Cámara de Comercio.** Su voz era escuchada y respetada. Por dos períodos consecutivos, y a pesar de haber inicialmente declinado el nombramiento, fue su Presidente llevando a la entidad por los caminos del éxito y obteniendo los mejores beneficios para la ciudad.

La otra, ocupaba, a pesar de su sencillez personal, sitio preferencial dentro de los adinerados como dentro de los pobres. Ocupaba la presidencia del **"Banco Isleño** entidad de la cual era tambien la mayor accionista. Su permanente deseo de ayudar a las personas de escasos recursos económicos- particularmente estudiantes y pequeños empresarios -, se reflejaba en los préstamos que el banco les otorgaba. Treinta y trés por ciento del total de préstamos, lo componían los que ella identificaba como "préstamos estudiantiles" y "préstamos de pequeña industria". Algunos de sus más cercanos familiares y un grupo de accionistas, le criticaban su "excesiva bondad". Ellos deseaban más y más ingresos; ella deseaba suficientes ingresos y más servicio.

Y la otra, por su parte, había ocupado, en forma por demás exitosa y ejemplar varios cargos públicos. Los directivos de uno de los partidos políticos le ofrecieron su respaldo para una posible candidatura a la Gobernación del Estado. No estaba esto en sus planes y, con la amabilidad que le era característica, los persuadió para que dejaran a un lado su oferta. Posteriormente, durante una visita oficial, el Presidente del país, en su alocución de agradecimiento, le solicitó hacerse cargo del Ministerio de Educación. Al oir esto, la concurrencia estalló en aplausos y vítores pidiéndole que aceptara. Tampoco esto estaba en sus planes por lo que, en inmediata respuesta, agradeció al Presidente y declinó el ofrecimiento no sin presenciar el descontento de los asistentes. Era la propietaria y directora de la **"Universidad Puertas Abiertas".**

No obstante sus diversas ocupaciones los tres, **Amarilis, José Gregorio y Matilde**, cumplieron la promesa que se habían hecho: viajar y reunirse, cada seis meses, en **Ciudad Bolívar**, **Porlamar** o **San Cristóbal**. No tenían que "pedir permiso" en sus empresas. Personal de su confianza, que se distinguía por su honestidad, quedaba encargado mientras ellos departían en la ciudad de turno. En estos encuentros cada uno hacía partícipe a los otros dos, de sus éxitos; de sus adversidades - si alguna -; de algo que les molestara; de lo que más alegría les traía. Se puede decir que no eran ya tres amigos; eran ya como tres hermanos.

Teniendo en mente que por hablar solo el idioma nativo no habían podido viajar sino al Brazil, José Gregorio estudió Inglés e Italiano. Matilde Inglés y Alemán y Amarilis, Inglés y Francés. Se preocupaban no solo por aprender estos idiomas; también por practicarlos. José Gregorio se hizo socio de dos clubes: **"Club Italo Bolivarense"** y de **" Americanos en Ciudad Bolívar"**. Matilde se afilió a **" Estados Unidos en el Táchira"** y a **"Un Rincón Alemán en San Cristóbal"**. Amarilis era accionista de **" Margarita y Francia Unidas"** y de **" Mi Casa Inglesa en Porlamar"**. Los tres asistían a bailes, fiestas y otras actividades de estos clubes no tanto para divertirse, como para practicar el respectivo idioma de sus amigos extranjeros a quienes, con toda cortesía, les pedían que les hablaran en su idioma de origen dejando a un lado el español o castellano. Su interés por aprender los idiomas dio muy buen resultado. Tanto que, a pedido unánime de los socios, pronunciaban, en el idioma foráneo, el discurso principal en la reunión de fin de año.

Un treinta y uno de Diciembre, al final del saludo telefónico de **"Año Nuevo"**, Matilde propuso reunirse en Caracas el dieciséis de Marzo. Amarilis y José Gregorio, sabiendo la reciente pena que la embargaba, sin demoras ni preguntas aceptaron. No se visitarían en estos casi tres meses a menos que alguna circunstancia los forzara. Acordaron traer, cada uno, ideas para un nuevo proyecto que los uniera aún más a ellos mismos y a los suyos. En preparación para ese nuevo encuentro, los tres informaron a sus familias y a la o las personas que se encargarían de sus labores en su ausencia.

Amarilis recibió el apoyo de **Luis Eugenio**- su esposo- y de **Marcela** su única hija. Ambos le dijeron *"desde ya tienes nuestro permiso y te deseamos que esa reunión sea muy exitosa"*. El abogado y economista **Navas Lozano**, compañero de estudios de Luis Eugenio y Gerente del Banco Isleño, quedaría encargado de la presidencia consultando con Amarilis las transacciones o decisiones que involucraran sumas mayores a los veinte millones de bolívares.

José Gregorio le dio la noticia a su esposa **Lilia Delfina** a quien, ciertamente, no le agradaba mucho la amistad de su esposo con sus viejas amigas. A instancias de sus dos hijas, **Merceditas y Ana María**, Lilia Delfina no se opuso al viaje; deseó éxitos a su esposo; le pidió no tardar mucho tiempo y mantenerse en comunicación con ellas.

Ana María quedaría con toda la autoridad para conducir los negocios, recibiendo ayuda y guía de **Pablo Emilio Copello**, abogado conocido por su rectitud y fuerte carácter y que había sido la persona de confianza de **Antonio José,** tío de José Gregorio.

Matilde no se vio en dificultades familiares ya que había perdido a su esposo **Enrique** y a su hijo **Benito** durante unas vacaciones en **Cúcuta,** ciudad de la vecina **Colombia.** Matilde no lo presenció ya que había permanecido en el salón-comedor del hotel con un grupo de amigos mientras ellos se bañaban. Padre e hijo murieron ahogados. Era ya tarde y los empleados encargados de la piscina habían concluido sus labores. Nadie vio los pormenores de este lamentable suceso.

Vivía ella dedicada a su trabajo y al cuidado de su más fiel amiga, compañera y confidente: su madre **Lastenia,** mujer que a más de su gran amor solo buen ejemplo le daba, pues su vida era llena de amor a Dios y al prójimo; de pureza y humildad y de inquebrantable fe en la Bondad Divina. No parecía Lastenia una madre especial; parecía más bien una santa.

Matilde era muy cuidadosa al escoger las personas que la reemplazaban. Se demoró dos días pensando y analizando las cosas positivas y negativas de los candidatos.

Se decidió por el Decano de la **Facultad de Ciencias Políticas, Licenciado Martin Egli** de origen suizo y persona muy respetada y estimada dentro y fuera de la Universidad.

Amarilis viajó el catorce de Marzo, y se hospedó en el **Hotel Centro Lindo** Avisó de inmediato a sus amigos y reservó otra habitación.

José Gregorio viajó a la madrugada del día siguiente. No lo hizo por avión. Alquiló un excelente automóvil y emprendió el viaje llevando consigo a dos de sus empleados, **Rómulo** y **Claudia,** a quienes dejaría en **San Juan de Los Morros,** capital del **Estado Guárico,** para asistir al funeral de la madre de Rómulo. Llegó al "Centro Lindo" a las cinco de la tarde totalmente exhausto y tras reunirse brevemente con Amarilis, se retiró a la habitación que ella le había reservado.

Matilde salió de San Cristóbal el día quince hacia **Maracaibo,** ciudad de clima bastante alto, pues debía reunirse allí con el Director Ejecutivo de la Universidad **Rafael Urdaneta,** Licenciado **Antonio María Carreño** quien, según su árbol genealógico, era descendiente del General del mismo nombre y apellido.

Semanas atrás, Matilde le había solicitado, vía telefónica,, su incorporación a la Universidad "Puertas Abiertas" a cargo de la Rectoría con facultades ejecutivas. El sueldo ofrecido era mucho más alto que el devengado en la "Rafael Urdaneta". Fue una reunión plena de cortesía, amabilidad y franqueza. Coincidieron en la mayoría de los puntos por ambos mencionados. Uno de ellos, sin embargo, no parecía de fácil solución: el Licenciado Carreño aspiraba a comprar la "Rafael Urdaneta" para lo cual su presencia en Maracaibo era necesaria.

Matilde, a pesar de ser joven y fuerte, había ya contemplado la idea de vender la suya ya que las múltiples ocupaciones le impedían dedicar más tiempo a su madre quien, según dictamen médico, empezaba a sufrir de una afección pulmonar. Comentó a Carreño el caso de su madre y añadió: *"Acepte, Licenciado Carreño el cargo de Rector en las condiciones discutidas y con el sueldo ofrecido. Asimismo, desde ahora, y formalmente, le prometo venderle mi universidad al finalizar el año escolar"*. *"Está usted segura de su oferta doctora Matilde?"* inquirió Carreño.

"Absolutamente. A mi regreso de Caracas puede usted ir a San Cristóbal para firmar el documento en el que conste la venta y entrega de la Universidad. Así podrá usted tener la certeza de la transacción y hacer sus planes para empezar, como Rector y dueño, el próximo año". *"Acepto"* afirmó Carreño. Con un apretón de manos y un respetuoso abrazo terminó la reunión.

A la mañana siguiente Matilde llegó al aeropuerto con tiempo suficiente para comprar el boleto y tomar el avión que, pasado el medio día, la llevaría a Caracas. No ocurrió así. Una tempestad de gran magnitud obligó a las autoridades a cancelar todo vuelo y cerrar el aeropuerto internacional **"La Chinita"** por varias horas. Los vuelos se reanudarían el jueves diecisiete temprano en la mañana, si las condiciones atmosféricas lo permitían. Con este contratiempo, Matilde llamó a sus amigos para informarlos. Ya sabían ellos, pues la noticia fue comunicada por radio y televisión.

" No te desanimes. Una de tus características es el positivismo" le dijo José Gregorio. *"Animo, amiga. Aquí te esperamos para abrazarte"* le expresó Amarilis. Matilde fue citada por el personal de la línea aérea para el vuelo que saldría el jueves a las once de la mañana. Como era su costumbre, llegó casi dos horas antes. Tampoco esta vez pudo viajar. Hallaron un desperfecto mecánico en una de las alas del avión y el vuelo fué cancelado. Se dijo a los pasajeros que otro avión los llevaría, saliendo a las siete de la noche. Matilde no aceptó.

El mal recuerdo de aquel vuelo nocturno entre Valencia y San Cristóbal en el que fallecieron algunos pasajeros, entre ellos su padre, se lo impidió. Compró, pagando algo más, un boleto para el vuelo que saldría a las nueve de la mañana del viernes. *"Al fin estás aquí"* exclamaron José Gregorio y Amarilis al darle el abrazo en el aeropuerto de Maiquetía. *'Hubiera preferido cruzar el lago a nado antes que en un avión, de noche"* comentó Matilde.

Reunidos de nuevo, salieron rápidamente para el hotel donde instalaron su "mesa de trabajo". En orden alfabético, Amarilis fue la primera en exponer su proyecto: Construir tres escuelas de educación superior donde jóvenes, de ambos sexos, recibieran educación y útiles escolares gratuitamente guiándolos y ayudándolos parcialmente bien para una carrera universitaria, o bien para encontrar un empleo. Las escuelas tendrían también una facultad técnica y estarían ubicadas en Ciudad Bolívar, Porlamar y San Cristóbal y llevarían el nombre de poetas o escritores famosos del país.
Ella cubriría el cuarenta por ciento de los gastos anuales. José Gregorio y Matilde cubrirían, por partes iguales, el otro sesenta por ciento. Documentos legales serían preparados a fin de que sus respectivos herederos siguieran con esos gastos, por un término de diez años, a menos que las condiciones económicas lo dificultaran.

El proyecto de José Gregorio consistía en construir y equipar - incluyendo el personal, un hospital de tamaño mediano en una ciudad de bajos recursos y equidistante para los tres. Llevaría el nombre de uno de los Próceres de la Independencia. Costo de construcción y funcionamiento, hasta por cinco años, se repartiría entre los tres en proporciones iguales. También se harían los documentos legales propuestos por Amarilis.

Matilde presentó uno mucho más sencillo y práctico: donar cada año el veintisiete por ciento de sus utilidades netas a instituciones pobres como escuelas, hospitales y otras que prestaran servicios a la juventud y a las personas mayores. Sus nombres, como donantes, no se publicarían pero ellos, o su delegado, tendrían derecho a vigilar el destino de sus fondos. Ciudad Bolívar recibiría la donación de Amarilis; Porlamar la de Matilde y San Cristóbal la de José Gregorio. Documentos legales como los ya propuestos serían ejecutados. Después de reflexionar por un tiempo, los tres se dieron la mano en señal de aprobación. Matilde agradeció a sus dos amigos el haber acogido su iniciativa.

Durante el almuerzo que tomaron en un elegante restaurante, José Gregorio sugirió visitar, en Valencia y Barquisimeto, las empresas que los habían acogido tiempo atrás. El propósito de la visita: agradecer, nuevamente, aquella oportunidad y hacer participes de sus éxitos y logros a esos amables empresarios. No hubo duda sobre esta propuesta y, de inmediato, alquilaron un automóvil partiendo al minuto para Valencia.

Arribaron en las horas de la tarde a las puertas de la **"Fábrica de Jabones La Llave"** y, para su sorpresa, vieron que unos pocos empleados salían de la que había sido una pujante y sólida empresa. Al preguntar por el dueño y gerente que los recibió y animó en su primera visita, se les informó que don **José Antonio Peñaloza,** había sido objeto de timadores profesionales perdiendo la mayor parte de su fortuna y, sin reponerse de esta desventura, había fallecido tres meses atrás. Su hijo **Ricardo,** que estuvo acompañando a su padre en aquella visita, manejaba ahora la empresa y hacía hasta lo imposible para salir adelante.

Tras haber escuchado a Ricardo con la mayor atención, cada uno giró un cheque a favor de la empresa. Los montos eran altos y con lágrimas en los ojos, el nuevo dueño les agradeció. *"Es lo menos que podemos hacer para compensar, en mínima parte, lo que su padre y usted hicieron por nosotros cuando no teníamos nada"* dijo Amarilis a nombre de los tres. *"Y si llegare a necesitar ayuda, no tarde en comunicarse con nosotros"* agregó José Gregorio. Con un emocionado adiós concluyó la visita. Tomaron dos habitaciones en el **Hotel Central"** y se retiraron a descansar llenos de asombro y pesar por lo acontecido a Peñaloza.

El sábado salieron a las cinco de la mañana para Barquisimeto. Al llegar, ubicaron en la lista telefónica el nombre del Gerente de **"Exportamos C.A"** **Mariano de la Torre.** José Gregorio usó el teléfono del hotel y, con sorpresa y alegría, habló con él brevemente acordando un encuentro esa misma mañana en el **"Club Empresarios y Amigos"** situado a poca distancia del hotel. Muy agradable resultó este encuentro. Recordaron la primera visita. Oyeron de Mariano los éxitos obtenidos por su empresa y él, a su vez, escuchó los grandes logros de los tres "ansiosos estudiantes" convertidos –hoy en día- en triunfadores empresarios. Al igual que lo hicieron con Peñaloza hijo, donaron una gran suma destinada a dotar de vivienda a empleados pobres. Maravillado por esta manifestación de gratitud, Mariano despidió con fuerte abrazo a los "amigos empresarios".

Tanto Amarilis como José Gregorio y Matilde, quedaron satisfechos de las dos visitas. Cenaron en el comedor del **"Hotel Los Centauros"**. Renovaron su propósito de estar en permanente comunicación y visitarse pero, a diferencia de lo pactado tiempo atrás, no fijaron fechas. Lo harían cuando pudieran, pues la prioridad era ahora la familia. Fueron pasando los meses, los años. Seguían donando sus fondos y ejerciendo cierto control sobre su uso. Esta fraternal amistad persistía; solo la muerte le pondría fin.

Matildo, tras haber perdido a su madre, se retiró de toda actividad y se dedicó a escribir para uno de los periódicos de San Cristóbal. Vivía en su casa acompañada de dos empleadas domésticas, madre e hija, ya que sus hermanas estaban radicadas en Francia.

Fue víctima de un tumor en el cerebro. Los esfuerzos hechos por médicos de su ciudad natal como también algunos de Caracas y, aún algunos de Francia, no fueron suficientes y murió mientras dormía la siesta después del almuerzo. Su edad era cincuenta y un años. Asistir a su sepelio fue la mayor pena que Amarilis y José Gregorio habían soportado.

De regreso a Porlamar, Amarilis se detuvo tres días en Ciudad Bolívar departiendo con la familia y algunos amigos de José Gregorio. Fue esto un bálsamo para ella. El abrazo de despedida pareció eterno; como si no quisieran separarse. En su mutua mirada, llena de dolor, se hicieron la misma pregunta: *"quien será el siguiente, tú o yo?"*

Veinte, meses después, Jése Gregorio sufrió un accidente automovilístico quedando paralizado. No sobrevivió mucho tiempo y falleció dos años después de Matilde. Amarilis, claro está, asistió al funeral. El llanto la ahogaba. Pero con una estoica actitud, dio su condolencia a la familia de su **"Mosquetero"**, como ella lo llamaba.

Con el ánimo de perpetuar esa amistad, propuso a los familiares de José Gregorio y aún a las hermanas de Matilde con quienes había compartido en varias ocasiones, que, cuando así lo desearan, viajaran a Porlamar y se hospedaran en su residencia. *"Pienso que José Gregorio y Matilde verán, desde el más allá, que lo sembrado por los tres, no fue en vano"* les decía. Y lo logró. Su regreso a Porlamar estuvo marcado por la desolación y el dolor. A pesar del amor y consuelo que recibía de Luis Eugenio y de Marcela, lloraba sin cesar. La pérdida de Matilde y José Gregorio fue devastadora. Como póstumo homenaje, viajaba, acompañada de su esposo o de su hija, a donde fuera necesario para cerciorarse de la buena marcha de las obras patrocinadas con sus fondos y los de sus amigos.

Un día domingo tuvo un sueño, premonición, digamos, en el que fue avisada de su muerte en pocos días. Y así fue. El viernes siguiente asistió a una ceremonia religiosa y antes de ésta terminar, sufrió un infarto cardíaco falleciendo al instante. Nunca antes hubo en Porlamar un sepelio como el de Amarilis. Directivos y empleados de bancos; profesores y alumnos de escuelas y universidades; médicos; directores de instituciones caritativas y muy especialmente, muchos de los que habían recibido sus "préstamos estudiantiles" y "préstamos de pequeña industria" estaban allí. Pero el cariño demostrado por aquella multitud no era sólo para ella. Lo probaban los dos cartelones llevados por jóvenes y por mayores. En el uno se leía *"te agradeceremos siempre, Amarilis, José Gregorio, Matilde"*. En el otro: *"Que vivan los tres"*

AL RIO DE MI PATRIA

Cual débil cascada en altas montañas has nacido
y paso a paso tus fuertes aguas se han crecido.
Caudaloso, impetuoso, majestuoso se te llama y
en cada poblado la gente te admira, te bendice y te ama.

Momentos hay en que la naturaleza
castiga al hombre por su error y su flaqueza;
y como tú te encargas de aplicar ese castigo,
parece, entonces, que muchos ya no están contigo.

Al igual que el Creador, eres justo y bondadoso;
recoges tus aguas y, calmadamente, tomas un reposo
permitiendo nuevamente que los pobres
llenen sus redes del alimento que les das.
Animas de nuevo a tus mujeres y a tus hombres
que arrepentidos, no repiten ya: "a ese lugar no vuelvo más".

No nací, no viví en un lugar cercano a ti
pero mi alegría inmensa fue el primer día que te vi.

Cada vez que regreso a mi Colombia veo desde la lejana altura
que con la misma confianza que a su padre se entrega una nena,
tú te entregas al tuyo, el océano, mi **Río Magdalena.**

TROPIEZOS, FRACASOS Y EXITO TOTAL

Terminada su educación primaria en una escuela rural, también cursó estudios nocturnos en una entidad vocacional, donde aprendió mecánica automotriz y algo de contabilidad. A sus diecinueve años, no estaba satisfecho. Al igual que miles de jóvenes, soñaba con avanzar; con tener su propio negocio y ganar suficiente dinero para no depender de nadie; con tener una casa, un automóvil; con salir de la ciudad donde vivía y recorrer, sino el mundo, por lomenos su país.

Huérfano desde los tres años, había estado bajo el cuidado de la única tía materna que vivía. No tenía hermanos. No tenía tíos, tampoco primos. Su tía era el único pariente. Ignoraba si otras personas, así fueran parientes lejanos, vivían. Nadie, a excepcion de su tía, le había hablado de esto; tampoco él lo había preguntado.

Su tía le dijo un día: "Una premonición me indica que mi vida será corta; que posiblemente muera antes de cumplir los cuarenta años". "Por favor, tía, quita ese pensamiento de tu cabeza; no hagas caso a la tal premonición, como tú la llamas", le contestó el sobrino. Pero ella insistió. "Firmaré los documentos para que esta humilde casa sea tuya cuando yo muera. Así, tendrás una vivienda propia o, si lo quieres, podrás venderla e irte a otra parte". Él no creía en esa pronta muerte ya que era ella, una mujer sana y fuerte sin haber tenido enfermedad alguna en su vida.

Eran ellos dos los únicos sobrevivientes de una gran familia diezmada por la **malaria.** Murieron en total veintitrés personas. Lograron salvarse por haber recibido a tiempo una vacuna proveniente de un país vecino. La vida de esta tía estaba dedicada a su sobrino a quien veía cual un hijo; nunca lo descuidó; a todo momento estaba pendiente de él. Así cumplía la promesa hecha a su hermana y a su cuñado días antes de su muerte.

Nunca pensó en casarse a pesar de los pretendientes que la asediaban. Pensaba que si llegaba a casarse, sería esto perjudicial para su sobrino. " Nadie, se decía así misma, lo va a querer como lo quiero yo: como a un hijo". Vendrían las desaveniencias y ratos desagradables para ella y para su sobrino y era esto lo que menos deseaba esta buena "madre".

Ciertamente, para el sobrino, su tía era su madre a pesar de saber, con detalles, la muerte de quien lo había traido al mundo. Ella se había propuesto hablarle siempre con la verdad. El lo entendía pero depositaba en su tía su gran amor de hijo. En todos sus actos él se comportaba como tal; no como un sobrino. Aún más, siempre quiso llamarla madre pero **Mabel**, por respeto a su hermana, nunca lo aceptó. La conducta de ambos llevó a las personas que los conocían a identificarlos como madre e hijo.

Mabel e **Indalecio** vivían en la amigable y placentera ciudad de **Loja, en El Valle de Cuxibamba** al sur de **Ecuador,** donde disfrutaban de los frequentes conciertos musicales que son ofrecidos al público en las horas de la tarde. Ella trabajaba en el área financiera del hospital local, mientras que Indalecio se desempeñaba como primer auxiliar en la **Reparadora de Automóviles H-H** cuyos dueños, José Hurtado y Jairo Hernández, lo consideraban como uno de los mejores trabajadores. Por consejo - orden, digamos-, de su tía, Indalecio guardaba una parte de su sueldo. Aportaba, claro está, para los gastos de la casa. Económicamente no estaban en desventaja. Aún así, Mabel deseaba que su sobrino ganara un mejor sueldo. Él mismo buscaba obtener más horas de trabajo para incrementar sus ingresos. En sus días libres, ofrecía sus servicios a las personas dueñas de automóviles y, dada su gran experiencia y dedicación, quienes lo contrataban, siempre quedaban satisfechos y le pagaban con gusto dándole, a veces, alguna cantidad extra.

Gabriela, hija del farmacéutico del sector donde vivían, era su novia. Era ésta, una relación llena de respeto e inmenso cariño por parte de Gabriela quien no lo amaba y, por alguna razón, presentía que no duraría mucho tiempo. Y asi fue. Sin tan siquiera despedirse, viajó a **Quito,** la capital del país. Indalecio, que sí la amaba, quedó sumido en la tristeza pero rápidamente encontró una forma de olvidarla. "Si esta ciudad fué reconstruida dos veces después de los temblores que sufrió, yo también reconstruiré mi corazón y hallaré una mujer que sí me dé su amor", se repetía constantemente.

Para empezar su nueva vida, se retiró de la "H-H" como era popularmente conocida la empresa donde trabajaba y tomó un empleo en el **Parque Nacional Podocarpus** que es una atracción turística nacional. Muchas fueron las cosas que aprendió en este oficio. Disfrutaba su trabajo especialmente cuando lo enviaban a tomar parte en tareas especializadas en uno de los tantos lagos que hay en esta parte del pais (más de cien).

Todo a su alrededor era fascinante. Hasta los encuentros con los pumas, los zorros y los renombrados "osos con anteojos". Había oido ya que Loja era conocida como una de las ciudades ecológicas del mundo. Un lunes, a temprana hora, una compañera de trabajo le dijo:" tienes una llamada telefónica; parece que te llaman de Quito". "Por favor, informa a la persona que llama que yo no trabajo en esta empresa" contestó Indalecio, pensando que la llamada provenía de Gabriela. Y en efecto, así era. "Dígale que su novia, bueno, ex-novia Gabriela Montalvo le llamó; que en la tarde llamaré de nuevo" fué el mensaje recibido. Poca importancia dió Indalecio a esta llamada. No sentía ya amor; sentía rencor hacia Gabriela. No le perdonaba el haberse marchado abruptamente sin decir palabra alguna. A pesar del esfuerzo que hacía, la tristeza, a veces, se apoderaba de él. Se dedicaba entonces a la lectura, buscando siempre buenos libros. Le agradaba mucho leer historia antigua y le fascinaba re-leer la biografía de algunos personajes como emperadores, filósofos, guerreros. Le encantaba, por ejemplo, aprenderse muchas de las célebres frases del filósofo romano **Marco Tulio Cicerón.** Dos de ellas hicieron mella en su corazón. La primera decía " **La honradez es siempre digna de elogio, auncuando no reporte utilidad, ni recompensa, ni provecho".** La segunda, " **Un cuarto sin libros es como un cuerpo sin alma ".**

Mabel, llena de amor maternal, le hablaba y le animaba. "Miles de mujeres esperan por tí; adelante. No permitas que un primer tropiezo amoroso afecte tu vida. Ya verás que en pocos días, y sin buscarlo, un nuevo amor llegará. Eres fuerte y sabio manejando tus asuntos. No le des mucha importancia a la partida de Gabriela". Tuvo que retirarse, rápidamente, para que Indalecio no la viera llorar. Muchísimo sufria ella viendo a su sobrino lleno de tristeza y melancolía por culpa de una persona que solo ingratitud le dió.

Tal como lo había dicho Mabel, un veinticuatro de Mayo, durante la celebración de la **Batalla de Pichincha, Leandra,** hija del abogado **Manuel Gutierrez,** se acercó a la mesa ocupada por Indalecio y Mabel ; **Carlos** y su novia **Rosita**; **Adrián** y su esposa **Liana** preguntando cómo llegar a la iglesia principal. Sin demora, Indalecio la invitó a compartir con ellos por unos minutos y le ofreció ir con ella a la iglesia. Leandra, gustosamente aceptó presentándose también a los demás. A una pregunta de Rosita, dijo :" he regresado de Portugal donde estudié por espacio de ocho años y no recuerdo ciertas cosas de la ciudad". A otra pregunta, esta vez de Carlos, respondió haber aprendido portugués e italiano. Mabel, en forma clara y directa, le espetó: " y por qué no viene con su novio o su esposo?" Un poco sorprendida, no tanto por la pregunta, sino por la forma y tono de voz usados por Mabel, Leandra replicó: " ni novio, ni esposo. Señora o señorita?. En los pocos dias que llevo de nuevo acá mis ocupaciones han copado hasta el ultimo minuto del día y parte de la noche sin tener tiempo para pensar en novio." " Si esto es cierto, ahí tienes una magnífica oportunidad", dijo Carlos dirigiéndose a Indalecio, quien afirmó: " despacio, despacio, por favor. Hace apenas unos minutos que he conocido a esta amable, elegante y hermosa señorita. No insinúes situaciones incómodas"

Habiendo departido con el grupo por más de una hora, Leandra hizo una seña que Indalecio al momento entendió. Se pusieron los dos de pie y ella se despidió no sin antes agradecer a cada uno. Indalecio insistió en acompañarla y ambos caminaron el largo trayecto que separa la iglesia del sitio donde se habían encontrado. Una vez en el umbral del hermosísimo **Santuario Diocesano de Malacatos** (parroquia fundada hace más de tres siglos), Leandra le pidió a su acompañante esperarla por unos minutos. Caminó con deslumbrante elegancia hasta encontrarse con una mujer mayor que ella. Un largo abrazo indicaba la vieja amistad y el cariño que mutuamente albergaban en sus corazones. Tras una conversación de unos quince minutos, Leandra y su antigua profesora doña **Sofía Maldonado,** se reunieron con él. "Qué coincidencia" exclamó Indalecio al ver a la profesora. La había conocido en el Podocarpus, donde le había dado una información para el colegio que ella dirigía. " Es un gran placer verla de nuevo. Fueron de alguna utilidad los datos que le dí para su proyecto?" añadió Indalecio. " Sin duda y gracias otra vez" respondió la profesora.

Leandra, ovbiamente, se sorprendió con este encuentro. No tenía la menor idea de que la profesora conociera a Indalecio. Los tres, las dos, mas bien, conversaron unos minutos más y doña Sofía se despidió extendiendo una formal invitación a Leandra y a Indalecio para que tomaran el almuerzo en su casa el sábado siguiente. Ambos agradecieron y aceptaron la invitación. Llegado el día acordado, Indalecio alquiló un pequeño automóvil y se presentó en la casa de Leandra. Estaba hermosa, elegante y llena de coquetería. Siguiendo a un cariñoso saludo, lo presentó a sus padres. Buena impresión les causó y ellos a él. Durante y después del almuerzo, la profesora, su esposo y su hija, contaron cómo habían conocido a Leandra y a su familia. Hicieron a Indalecio muchas, muchísimas preguntas que él gustosamente iba respondiendo. Casi entrada la noche, los dos jóvenes salieron de la casa de los Maldonado. Había sido una tarde llena de euforia y de alegría. Camino a la casa de Leandra, Indalecio detuvo el automóvil y, con palabras llenas de ternura y de pasion, declaró su amor a Leandra. Ella no se sorprendió. Aceptó. El corazón de Indalecio se llenó nuevamente de amor con la esperanza de correr mejor suerte esta vez. El primer beso de amor y una tierna despedida, cerró el día que, para él, fue "grandioso". Toda la tarde de ese sábado fue para Mabel de expectativa y, casi, de angustia. Deseaba con toda su alma que su sobrino no hubiera sido rechazado por Leandra. Al llegar a casa, Indalecio presurosamente abrazó a su tía y la besó en la frente. " Madre, le dijo, el amor ha vuelto a mi vida". Ella no disimuló su alegría. "Cuéntame, paso a paso, los acontecimientos, hijo", le respondió. Horas pasaron conversando y haciendo planes. Una invitación a Leandra y sus padres sería el primer paso para el acercamiento entre las dos familias. No teniendo una vivienda grande o elegante, tía y sobrino decidieron invitar a los Gutierrez a un almuerzo campestre en un restaurante famoso por sus exquisitos platos típicos de la región. La invitación fué aceptada con la advertencia, por parte del padre de Leandra, de que, debido a la diabetes que padecía, él no podría consumir los alimentos allí servidos. Mabel surigió, entonces, escoger otro restaurante pero Manuel se opuso pues se trataba de que tanto su hija, como su esposa, estuviesen a gusto. Fue ésta una reunión en la que los cinco estuvieron complacidos. La amistad entre Indalecio y Leandra salió, sin duda, muy fortalecida. Los Gutierrez propusieron reunirse de nuevo en su casa, en cercana fecha. Tía y sobrino agradecieron y acogieron lo propuesto. Esto no ocurrió pues un infarto cardíaco puso fin a los días de Mabel. Tenía treinta y ocho años. Se cumplía así su presentimiento de que moriría antes de cumplir los cuarenta.

Durísimo golpe fué su muerte para Indalecio. La compañia y amor de Leandra le parecían muy poca cosa comparados con el gran amor de Mabel. La soledad se apoderó de él por varios meses. Salía únicamente a su trabajo y a comprar lo necesario. Pidió a Leandra esperarlo un tiempo para, si lo deseaba ella, seguir esa relación. Compañeros de trabajo y amigos lo animaban repitiéndole que la muerte de su "madre" era solo un tropiezo en su vida. El agradecía esas manifestaciones y prometía un pronto cambio; su corazón, sin embargo, no respondía.

Cumplidos siete meses del fallecimiento de su tía, una variación en la vida de Indalecio se observó: volvió a sonreír; compartía nuevamente con los amigos; era más extrovertido que antes. Un día martes dejó el trabajo antes de la hora acostumbrada. Compró un bello ramo de flores y se dirigió a la casa de Leandra a quien vió, sin que ella se percatara, abrazada con un joven abogado que trabajaba en la oficina de su padre. No quiso Indalecio hablar con ella. Escribió una lacónica nota y la ató al ramo que dejó a la entrada de la casa donde, al llegar, Leandra lo encontró. Lo tomó en sus manos y con sorpresa y cierta melancolia leyó la nota. " Cuando termines de abrazar a tu nuevo amor, abraza este ramo. Te recordaré". Era todo lo que decía.

A la semana siguiente, salía Indalecio camino a **Santa Ana de los Rios de Cuenca,** capital provincial de **Azuay** y, para muchos, la ciudad más atractiva del Ecuador. No quiso vender la casa que le dejó Mabel ya que pensaba regresar. La arrendó a una familia recién llegada a Loja pidiendo que la cuidaran. Él estaría en permanente contacto. En su ruta a Cuenca, se detuvo, por tres días, en la ciudad de **Machala, capital bananera del pais,** según se le dijo. En un buen negocio, compro un carro que, de acuerdo a lo dicho por su dueño, se hallaba en excelentes condiciones. Y siguió. Con la experiencia adquirida, abrió dos fuentes de ingreso: un taller de reparación de automóviles para el que contrató cinco experimentados trabajadores y una pequeña tienda para vender flores y plantas. Dos empleadas contrató para esta " vitrina de Loja" como él la llamaba ya que lo vendido era enviado desde allá. Trabajaba el día y unas horas de la noche para atenuar el dolor y pena causados por lo que identificaba como " mi segundo tropiezo amoroso". Compartía con muchachas de su edad; se divertía; asistía a fiestas; era respetado; se sentía muy útil en su ambiente. No deseaba enamorarse. Las cicatrices que dejaron la conducta de Gabriela y de Leandra no cerraban del todo.

Inesperadamente, los clientes empezaron a quejarse del mal servicio. Sus carros no eran reparados como ellos esperaban y, por esa razón, se fueron alejando. Silenciosamente Indalecio buscó y halló la razón: tres de los empleados, llevados por la envidia e incitados por el dueño de otra repadora de autos, no hacían el trabajo correctamente y hasta robaban partes y piezas que luego vendían a menor precio Refrenó sus impulsos de venganza y optó por cerrar el taller un día martes, sin avisar a nadie. "Aquí tienen el salario correspondiente y les deseo que progresen y tengan en el futuro su propio taller para que alguien les haga lo que ustedes me han hecho" les dijo a los tres "bandidos", como él los llamó. A los dos empleados honestos les ofreció trabajo en **"Flores y Plantas Mabel"** que era el nombre del negocio alterno que, por cierto, demandaba menos y producía más. Cuando Indalecio recordaba o tenía que hablar del taller, lo llamaba "mi primer fracaso como empresario", aunque, en realidad no lo había sido.

Flores y Plantas Mabel creció rápidamente. La clientela se incrementaba a diario. Dueño y empleados estaban a gusto. Indalecio propuso al grupo hacer una reunión en uno de los clubes de la ciudad para departir con ellos y sus familias. Los gastos serían cubiertos por su establecimiento. Uno a uno, los empleados dieron su apoyo a la idea. **Beatriz,** vendría con su esposo **Adrian; Luis,** traería a su novia **Raquel; Cristina,** iría con su esposo **Jacinto; Ada,** asistiría con su novio **Darío,** quien invitaría a su hermana **Camila** y, finalmente, **Hector,** vendría con su esposa **Irma Teresa.** Aquel sábado fué solo alegría y diversión para todos los asistentes. Sorpresivamente, Indalecio contrat.ó a un grupo de músicos y cantantes que interpretaron todo lo que el grupo pidió.

Conjeturas se escucharon ese día y aún después, sobre un posible romance entre Camila e Indalecio. Era ella una joven mujer de impresionante belleza física. Intelectual y culturalmente, estaba asímismo, en un alto nivel, ya que, entre otras materias, había estudiado derecho internacional. Indalecio, fascinado por ella, se acercó y fué aceptado sin el menor temor pero, a los pocos días, él mismo se alejó. Pensaba que Camila podría causarle un tercer tropiezo y su corazón no lo resistiría.

Entre sus preocupaciones diarias, estaba siempre el mantener en buenas condiciones la casa que su tía le había dejado. Para esto, extendió una autorización legal a uno de sus mejores amigos, **Gregorio,** a efecto de que pudiera él hacer los arreglos o cambios que fueran necesarios para que la casa, no solo se conservara al día, sino que se valorizara al máximo. A veces pensaba en acercarse de nuevo a Camila. Sabía que sería bien recibido pero, al mismo tiempo, los desagradables recuerdos de Gabriela y de Leandra eran más fuertes y lo detenían. Tomó, entonces, una decision radical: vender "Flores y Plantas Mabel" y trasladarse a otra ciudad.

Pensó en la populosa **Guayaquil** pero desechó rápidamente esa idea y escogió a **San Juan de Ambato** ciudad llena de parques y jardines y conocida también como **La Ciudad de las Flores y Frutas.** Le pareció el sitio ideal para establecer un negocio similar al que había tenido en Cuenca. En menos de cuarenta días, Indalecio trabajaba ya, con tres empleados, en **Mabel – Flores y Plantas** localizado en una populosa esquina. Hizo el pequeño cambio al nombre del establecimiento que había tenido, pensando que así honraba más directamente a su "madre". Todo marchaba sin dificultades. Compró un apartamento pequeño no muy lejos del negocio así que, para mantener buena salud física, tres días a la semana iba caminando y hacía lo mismo al regresar. Al retornar una tarde del negocio, recibió una llamada telefónica de Gregorio quien le dijo: "no puedo tener mejores noticias". "No esperaba menos de tí, mi querido amigo", respondió Indalecio. " La familia que ocupaba la casa, prosiguió Gregorio, se fue. Se hicieron unos cambios incluyendo una ampliación y es, hoy por hoy, una de las mejores en el sector, alégrate. Me siento satisfecho de poder darte mi ayuda" comentó. " Haz lo que más nos convenga. Ten presente que eres para mí el hermano que nunca tuve. La casa es tanto mía como tuya. Mi regreso demora un poco más. Te llamaré en dos días" dijo Indalecio. "Agradezco tu confianza y tus palabras. Tengo la certeza de que al volver a casa estarás a gusto" comentó Gregorio finalizando la conversación.

Los incovenientes, o tropiezos, o fracasos, no eran desconocidos para Indalecio y fué así como una madrugada del mes de Septiembre, un terremoto destruyó muchas construciones de la ciudad y entre ellas estaba, precisamente, el edificio donde funcionaba "Mabel-Flores y Frutas". Nada se pudo rescatar. Todo se perdió. Fuertes perjuicios económicos le ocasionó este acontecimiento. " Otro fracaso ", se dijo. Usando parte de los ahorros permaneció en Ambato por dos semanas más. Hizo parte de una excursión al sitio más cercano al volcan **Cotopaxi** y al renombrado pico **Chimborazo.** No quería partir de allí sin tener esta experiencia.

Conduciendo su automóvil, solo y triste, Indalecio abandonó Ambato rumbo a **Tulcán,** última ciudad antes de la frontera con Colombia. No quiso visitar Quito. Prefirió manejar, con breves descansos, los trescientos ochenta kilómetros hasta llegar a su destino. Se hospedó en un buen hotel. Entró en contacto con personal de la radio local y de la Cámara de Comercio indagando aspectos y costumbres de la ciudad. Varios días estuvo analizando diferentes opciones de inversión, ya que necesitaba, prontamente, establecer un nuevo negocio. Se decidió por el transporte. Compró tres buses para trasportar pasajeros hacia y desde la ciudad colombiana de **Ipiales,** que recibe miles de turistas durante todo el año. Adquirió también tres grandes camiones para transporte de mercancías desde la misma ciudad, así como también desde y hacia Quito.

En dos años obtuvo ingresos muy por encima de lo calculado. Recuperó con creces todo lo perdido en Ambato. Permanentemente llamaba a Gregorio para comunicarle sus logros y descalabros. Un dieciséis de Julio lo llamó y le dijo: " Te deseo un cumpleaños muy feliz. Que sigas con buena salud y más exitos en tu profesión. Ah, y prepárate, en pocos meses regresaré a Loja".

Sí, había Indalecio tomado la resolución de regresar a su ciudad natal. Tenía ya el poder económico que había buscado. Conocía ya varias ciudades de su patria. Había recorrido más de novecientos kilómetros. Se sentía listo para un triunfal regreso. Lo esperaban en Loja amigos, con los que estuvo siempre en contacto. También personal del hospital donde trabajó Mabel. Era hoy uno de sus benefactores. Las directivas del " Instituto para Ancianos y Desvalidos ", que lo apreciaban altamente, querían verle de nuevo. Esta institución recibía sus donativos desde cuando empezó a trabajar a los dieciocho años. No quería, sin embargo, regresar solo. Así que entre las amigas más cercanas escogió a **Laura Sanchez Torres,** graduada en pedagogía y co-directora de un colegio ubicado en uno de los sectores más pobres de Tulcan. Desechando pensamientos negativos y haciendo esfuerzos para sepultar, definitivamente, el recuerdo de las dos novias anteriores, aprovechó una reunión informal en la residencia del Director del hospital **Antonio José de Sucre** y, con algún apresuramiento, le comunicó el amor que por ella sentía y, aún más rápido, le pidió que fuera su esposa. Laura, sorprendida, no por la declaración en sí, sino por la rapidez con que Indalecio hablaba y actuaba, le dijo claramente: " Me quieres para novia y luego para esposa. Me complace grandemente que me hayas escogido entre tantas bonitas mujeres que a diario te rodean. Pero dime, Indalecio, hay en tu corazón un verdadero amor para mí o buscas simplemente usarme para calmar o vengar lo que otras te hayan hecho?". Estas palabras sacudieron el corazón de Indalecio. Desde su salida de Loja, a ninguna persona había comentado sus dos fracasos amorosos. Cómo y por qué Laura se expresaba así?. Sabía ella, realmente, lo sucedido?. Y si esto era así, quién le informó? Desconcertado, le respondió: " mi sinceridad va más, mucho más allá de lo que tu aguda mente puede imaginar. Lejos de mí. No sería tan ruin en causarte semejante daño". Laura, con una coqueta sonrisa, lo abrazó diciendo: " sé muy bien qué clase de hombre eres; lo que has sufrido; lo que has cosechado; lo que piensas de otras personas. Sé de tí, como tú dices, más, mucho más". Y al ver la incredulidad de Indalecio, prosiguió "sé también tu pasión por la lectura, particularmente historia; sé que te aprendes frases de guerreros, de emperadores y hasta de filósofos. Te debes saber, por ejemplo, aquella de Cicerón que dice: " **nada resulta más atractivo en un hombre que su cortesía, su paciencia y su tolerancia**". Sí, todo eso es cierto y hasta la frase me la aprendí hace varios años. Pero confiésame, cómo sabes toda mi vida? quién ha sido tu informante? acaso…. "No, ni Gabriela, ni Leandra, ni Gregorio" dijo ella. A este punto de la conversación Indalecio estaba un tanto nervioso al corroborar que Laura poseía tanta información. "Sin desviarnos del tema, añadió ella, mi respuesta es que acepto ser tu novia. Lo de esposa, lo discutiremos más adelante". " Sabes que doy seriedad a mis palabras y a mis actos", afirmó Indalecio. "No deseo esperar; quiero celebrar el matrimonio prontamente. Qué me respondes?" Laura no calló y, llena de emoción, y alegría lo abrazó y dió su consentimiento a la propuesta. "Fijaremos la fecha para la boda, una vez que te reunas con mis padres". "Ah, un detalle más, añadió con una sonrisa casi burlona. Por poco olvido los saludos que con frecuencia te envía la Licenciada Sofía Maldonado". " Ajá, ya veo. Sofía Maldonado, más Gregorio Ayala, residentes de Loja, igual, fuente de información", dijo Indalecio. " La licenciada Maldonado y yo, se apresuró a explicar Laura, nos conocimos tres años atrás en un Congreso Educacional celebrado en Quito. Desde ese entonces, nos hemos reunido muchas veces en tu querida Loja, aquí y en Cuenca. Intercambiamos ideas y proyectos buscando mejorar los métodos educacionales". La visita de Indalecio a Jonathan Sanchez y Theodosia Torres, estuvo enmarcada por la sencillez, la seriedad, la cordialidad. Eran también amigos de la Licenciada Maldonado así que, al igual que su hija, estaban enterados de la vida de su futuro yerno. La boda se efectuó un treinta de mayo y dos semanas después, los nuevos esposos viajaron, por via terrestre a Bogotá, capital de la vecina Colombia para cumplir un viejo deseo, casi promesa, de Indalecio. Aún pequeño, le dijo a Mabel: " te aseguro, tía, que llegará el día en que yo visite esa ciudad de donde vino la vacuna que nos salvó". Allí tomaron el avión que los llevó a España. El regreso se produjo a mediados de Julio en vuelo Londres- Guayaquil, de donde partieron para Loja.

Radicados allí, Indalecio León y Laura Torres formaron una ejemplar familia. Su vida transcurría dentro de una excelente posición económica y solo el éxito los acompañaba. Construyeron otra casa para Gregorio y su familia ya que Indalecio deseaba vivir y morir en la que Mabel, " su madre ", le había dejado. Además de sus ingresos, que no eran pocos, cada mes recibían ayuda financiera de los padres de Laura.

Lleno de gratitud para con sus suegros, cierto día Indalecio le comentó a Laura :" Realmente el corazón de tus padres está lleno de bondad". "Desde luego", replicó ella. Recuerda que Jonathan en hebreo quiere decir " **Dios da"** y Theodosia, en griego, quiere decir "R**egalo de Dios".**

J oven aún eres a pesar de los miles de años ya vividos y no obstante los incontables

U ltrajes recibidos, en cabeza de Moisés, para citar algunos, sigues a

D diario demostrando que eres fuerte y al igual que Daniel, sin temor a los leones.

A lientas siempre, con ahínco y voluntad, como Abraham, a la pobre humanidad en su camino.

I mponente y, tal vez, implacable también lo eres

S antificando el día Sábado y no otro. Igualmente, como

M áximo intérprete de la palabra del Creador te has presentado, siguiendo el ejemplo de Isaías y, no en vano,

O stensiblemente sigues prácticas y ritos que muchos, de tiempo atrás, abandonaron.

CERRO ARRIBA; CERRO ABAJO

Habían anunciado, para aquel Jueves, un día caluroso y sin lluvia. Se decidió entonces que el grupo pasara ese día fuera de la ciudad. Un autobús, con capacidad para más de treinta pasajeros, fué contratado para recoger, a las siete de la mañana, a los veintidós integrantes del grupo, llevarlos al sitio más seguro y cercano al **"Cerro de los Tres Colores"** y regresarlos a la ciudad en las horas de la tarde. Un conductor adicional estaba incluido en el servicio.

El día anterior, Miércoles, los jefes del grupo comunicaron la decisión. Todos, sin excepción, saltaron de alegría a pesar de que subir al cerro les causaría grandes sacrificios físicos dada la muy variada y dificil topografía : llena de peligros para cualquier persona conocedora o no del cerro.

Fue ordenado que cada uno llevara, amarrada a la espalda, una mochila en la que traerían: navaja, linterna, fósforos, velas, pantalón de baño, toalla y camisa deportiva de manga corta. Se dejó a voluntad propia llevar botas o zapatos de lona con suela de caucho, así como también el llevar una vara de hierro, no pesada, para apoyarse o simplemente para espantar los innumerables animalitos que encontrarían a lo largo del camino.

Se informó al grupo, en forma amplia y detallada, sobre los diferentes aspectos de aquel paseo - o más bien-, de aquella aventura, a saber: Aproximadamente cuarenta y cinco minutos duraría el viaje de la ciudad a un punto determinado al pie del cerro. En unas tres horas se llegaría a la cima del cerro. Todos caminarían uno tras otro, en fila india. Los más altos y los de más edad, al igual que aquellos con alguna experiencia subiendo éste u otro cerro, irían adelante, en el centro y atrás como protejiendo a los menores e inexpertos.

Una cuerda o lazo bastante fuerte sería llevada por los cuatro que encabezarían la fila y por los cuatro que la cerrarían. Todos, sin excepción, caminarían entre el costado del cerro y el lazo en tal forma que éste serviría como de barrera contenedora. A cada uno de los integrantes se le diría el nombre y el apellido del compañero que iría inmediatamente adelante e inmediatamente atrás. Esto para que, con un intervalo de veinte minutos, y empezando por los que encabezarían la fila, uno a uno se identificaran en voz alta con la finalidad de comprobar que el grupo estaba completo. Si algún percance se presentara, todos se detendrían inmediatamente hasta que la situación se normalizara y se diera la orden de continuar. Para la subida, habrían descansos de diez minutos cada media hora a fin de evitar excesivo cansancio o malestar físico. Concluido el ascenso, se descansaría por treinta minutos y los que quisieran, compartirían con los demás sus experiencias en esta primera etapa.

El descenso se haría por otra parte del cerro; por un camino más benigno que los llevaría al nacimiento del **"Rio de Los Cangrejos",** llamado así debido a la incontable cantidad de estos animalitos de pequeño tamaño y cierta rapidez en desplazarse. Allí, todos participarían en la "construcción" de una piscina natural para luego disfrutar de un buen baño con agua cristalina que permanece todo el año con buena temperatura.

Así mismo, cada uno daría su colaboración para preparar el almuerzo que sería servido al terminar el baño. Máximo cuidado se debería tener en el descenso. Ninguno podría confiarse del terreno. Los precipicios, al igual que en el ascenso, eran abundantes. Las grandes piedras se podrían ir cerro abajo con cualquier movimiento aunque éste no llevara mucha fuerza. Ya faltando unos veinte kilómetros para terminar el descenso, el terreno no ofrece peligro alguno y la vegetación es escasa. Podrían entonces avanzar con más confianza y disfrutar de la vista parcial de la ciudad.

Terminado el descenso, todos se reunirían a un costado de la gran **"Piedra de Los Deseos"**, denominada así por los antiguos habitantes de esta zona que, según la leyenda, oraban ante ella exponiendo sus peticiones y deseos. Se llamaría, en voz alta, a cada uno de los veintidós, para comprobar su presencia antes de emprender el regreso.

Con todas estas instrucciones en la cabeza, todos se retiraron a dormir. Algunos lo lograron; otros no conciliaron el sueño pensando en posibles tropiezos- accidentes, llamémoslos-, y otros hasta pesadillas tuvieron con serpientes, conejos salvajes y con **pumas (leones).**

A las seis de la mañana del jueves todos, cual un solo hombre, se levantaron, tomaron el desayuno, prepararon las cosas a llevar y a las siete en punto subieron al autobús. El jefe de disciplina llamó a lista. Estaban todos. Cada uno pidió en silencio la protección divina y el conductor puso el autobús en marcha.

Al tiempo previamente calculado, el autobús se detuvo frente al cerro cuya vegetación y colorido bien justificaban el nombre: "Cerro de Los Tres Colores" Una a una se iban cumpliendo las instrucciones recibidas. El ascenso, ciertamente agotador, daba también alegría y coraje a todos los integrantes del grupo pues veían que su sueño se iba haciendo realidad. Llegados a la cúspide, todos unieron sus voces en cánticos de alegría. Muchas fotos se tomaron en pequeños grupos e individualmente. Las guardarían para familiares y amigos.

Terminado el descanso programado, el grupo emprendió el descenso llegando al rio con algún retraso por la caida de uno de sus integrantes que, al intentar cazar un conejo silvestre, corrió tras él sin advertir las condiciones del terreno cayendo en un pequeño hueco cubierto por hojas secas y pequeñas ramas.

Moviendo grandes y pequeñas piedras, se "construyó" la tan deseada "piscina". En la parte escogida, el río tenía aproximadamente nueve metros de ancho con una profundidad de, tal vez, tres metros. Hubo necesidad, pues, de trancar el curso del rio más abajo, donde la profundidad era de metro y medio. Cada integrante disfrutó al máximo y, algunos, hasta pidieron que el tiempo del baño se prolongara. Solicitud obviamente negada pues había que terminar el descenso dentro del tiempo calculado para cumplir con la hora acordada con el conductor del autobús.

Siguiendo al baño, se dispuso de un "tiempo libre" de quince minutos para jugar con los cangrejos o cazar conejos o para observar, y alejar, a las muchas **"corales"** - pequeñas serpientes- que miden entre sesenta y ochenta centímetros de largo y que, aunque no venenosas, no son muy agradables.

Los asignados para preparar el amuerzo, con la ayuda de otros, reunieron piedras de regular tamaño y cortaron algunos arbustos para hacer la fogata necesaria. Pocos minutos necesitaron para esto y lograron una tan fuerte y grande como un pequeño horno. Dos conejos fueron cazados; de inmediato sacrificados y asados después de haberlos "bañado" con los condimentos que, sin pensarlo dos veces, uno de los asignados había traido sin mencionarlo. Conejo asado, papas, maíz y arroz constituyeron el almuerzo que dió fuerzas a todos para seguir la jornada. Algunos consumieron también cangrejos ante la desconcertada mirada de sus compañeros.

Se llamó a lista nuevamente; se repitieron, brevemente, las instrucciones para la parte más peligrosa del descenso y éste se inició. No habían avanzado más de dos kilómetros, cuando los que iban al frente del grupo se asombraron y hasta pánico sintieron al divisar dos **pumas (leones)** que devoraban un inmenso jabalí. Parecían madre e hija y no serían mayores de dos años. El grupo se detuvo. Uno a uno, en voz no muy alta, se fueron comunicando la inesperada circunstancia. En cosa de segundos, los mayores pasaron adelante para dirigir y proteger, si fuese necesario, a los demás. Se determinó que todos se sentaran, que permanecieran sin moverse y conversando en voz baja a fin de no llamar la atención de los felinos. Se esperaría el siguiente paso de éstos. Los dos grandes cuchillos que sirvieron para sacrificar y preparar los conejos consumidos en el almuerzo, fueron sacados de su envoltura. Fósforos y velas se alistaron. Se prenderían fogatas para ahuyentar a los inoportunos pumas. Terminado su "banquete", los dos pumas levantaron la cabeza, dieron unos pasos en círculo y se detuvieron. Dirigían su mirada de un lado a otro; parecía como si estuvieran pensando en el siguiente paso a dar. El grupo, entre tanto, esperaba angustiado y nervioso. Después de unos tres minutos, que parecieron tres horas, los dos felinos se alejaron arrastrando cada uno una buena presa del jabalí. Prudentemente, el grupo permaneció inmóvil por unos minutos más. Seis de los más audaces, caminaron, a paso lento, hasta el sitio donde habían estado – o estarían aún?- los dos pumas. Iban " bien armados" con los dos grandes cuchilos, palos y piedras. Llegaron al sitio y solo encontraron unos pequeños pedazos del jabalí.

Las huellas detectadas, indicaban que los dos felinos se habían internado en una abundante y espesa vegetación. "Están llevando el alimento a la familia" se dijeron y regresaron al grupo no sin antes detenerse varias veces para mirar por todos lados y estar seguros de que ni éstos ni ningun otro felino estuviera por ahí.

Pasado éste, no muy pequeño susto, el grupo siguió su itinerario pero, esta vez, deteniéndose súbitamente y en completo silencio para detectar cualquier paso o ruidos de felinos. Esto se hizo unas siete veces hasta llegar a la parte clara y despejada desde donde se veía la ciudad, tal como el jefe de disciplina lo había anunciado el miércoles. Terminaron el descenso y los primeros en llegar se apostaron a un lado de "La Piedra de Los Deseos", siguiendo la instrucción recibida. Los dos conductores del autobús, que habían esperado más de cuarenta y cinco minutos sobre la hora acordada, no ocultaron su alegría al verlos. Terminaba así la angustia y temores que los embargaba al pensar en una posible tragedia. Conocían ellos la puntualidad del jefe de este grupo a quien, anteriormente, le habían prestado sus servicios. Para sorpresa del grupo, en la cima de la famosa piedra se hallaban tres hermosas águilas de buen tamaño y de grandes y despiertos ojos. Parecían guardianes de todos los deseos allí depositados.

Se pasó lista nuevamente. Todos respondieron. Se elevó una plegaria de agradecimiento y abordaron el autobús. Llegaron al hotel que los alojaba con el cansancio reflejado en el rostro; con el corazón lleno de alegría por aquella aventura que en sus mentes para siempre quedaría.

Quienes eran?, cuales eran sus nombres? Se trataba de un grupo expedicionario compuesto por cuatro jovenes familias europeas que habían querido visitar a Suramérica. Las encabezaban **Gabriel Katz** y su esposa **Anaily**; **Jacobo Moritz** y su esposa **Camila**; **Arturo Cardozo** y su esposa **Jessica** y finalmente **Andrea Cantarini** y su esposa **Claudia Sofía**. La máxima autoridad del grupo era, sin embargo, **Gerald Erichsen** ciudadano austríaco que había ya vivido por doce años en tres paises suramericanos y estaba, obviamente, muy familiarizado con ellos. Gerald era viejo amigo de los padres de Jacobo y de Camila y conocía a éstos desde pequeños. Tenía también referencias de Gabriel ya que había trabajado con el abuelo de éste en la ciudad de Salzburg cuando Gerald tenía apenas diez ysiete años. Su trabajo, ahora, era servir de consultor y guía a turistas europeos que quisieran conocer algun país suramericano.